# 泉州文庫

瑟園詩草　　（清）富鴻基　　謝如俊
李忠毅公遺詩　（清）李長庚　著　廖淵泉　點校
吳魯集　　　　（清）吳魯　　張吉昌

泉州文庫整理出版委員會

商務印書館

# 前言

泉州建制一千三百多年，爲中國歷史文化名城和古代海外交通的重要港口。"比屋弦誦，人文爲閩最"，素稱海濱鄒魯、文獻之邦。代有經邦緯國、出類拔萃之才，歐陽詹、曾公亮、蘇頌、蔡清、王慎中、俞大猷、李贄、鄭成功、李光地等一大批傑出人物留下了大量具有歷史、文學、藝術、哲學、軍事、經濟價值的文化遺産。據不完全統計，見載於史籍的著作家有一千四百二十六人，著作多達三千七百三十九種，其中唐五代二十九人三十二種，宋代二百人三百九十一種，元代二十一人四十種，明代五百三十六人一千五百八十五種，清代六百四十人一千六百九十一種；收入《四庫全書》一百一十五家一百六十四種，《四庫全書存目叢書》五十六家七十四種，《續修四庫全書》十四家十七種。二〇〇八年國務院頒布第一批國家珍貴古籍名錄，屬泉人著述、出版者十三種。

遺憾的是，雖然泉州典籍贍富，每一時代都有一批重要著作相繼問世，但歷經歲月淘汰、劫難摧殘，加上庋藏環境不良，遺存至今十無二三，多成珍籍孤本。這些文化遺産，是歷史的見證，是泉州人民同時也是中華民族的寶貴文化財富，亟待搶救保護，古爲今用。

對泉州地方文獻的蒐集與整理，最早有南宋嘉定年間的《清源文集》十卷，明萬曆二十五年《清源文獻》十八卷繼出，入清則有《清源文獻纂續合編》三十六卷問世。這些文獻彙編，或已佚失，或存本極少。二十世紀四十年代，泉州成立"晋江文獻整理委員會"，準備整理出版歷代泉人著作，因經費短缺未果。八十年代，地方文史界發起研究"泉州學"，再次計劃編輯地方文獻叢書，可惜後來也因爲各種條件的限制，其事遂寢。但是這兩次努力，爲地方文獻叢書的整理出版做了準備，留下了珍貴的文獻資料和書目彙編。

二〇〇五年三月，中共泉州市委、泉州市政府決定將地方文獻叢書出版工作列爲國民經濟和社會發展第十一個五年規劃的一項文化工程。翌年,正式成立"泉州地方典籍《泉州文庫》整理出版委員會",着手對分散庋藏於全國各大圖書館及民間的古籍進行調查搜集,整理出《泉州文庫備考書目》二百六十七家六百一十四種,以後又陸續檢索出遺漏書目近百家一百八十餘種。經過省內外專家學者多次論證,最後篩選出一百五十部二百五十餘種著作,組成一套有一定規模、自成體系、比較完整,可以概括泉人著作風貌、反映泉州千餘年文化發展脉絡的地方文獻叢書,取名《泉州文庫》,二〇一一年起陸續出版發行。

整理出版《泉州文庫》的宗旨是:遵循國家的文化方針政策,保護和利用珍貴文獻典籍,以期繼承發揚中華民族優秀文化傳統,增進民族團結,維護國家統一,提高民族自信心和凝聚力,加強社會主義核心價值體系建設,增強文化軟實力,爲泉州的物質文明和精神文明建設服務。

《泉州文庫》始唐迄清,原著點校,收錄標準着眼於學術性、科學性、文學性、地域性、原創性、權威性,具有全國重要影響和著名歷史人物的代表作優先。所錄著作涵蓋泉州各縣(市、區),包括金門縣及歷史上泉州府屬同安縣,曾在泉州任職、寄寓、活動過的非泉籍人氏的作品,則取其內容與泉州密切相關的專門著作。文庫採用繁體字橫排印刷,內容涉及政治、經濟、歷史、地理、哲學、宗教、軍事、語言文字、文化教育、文學藝術、科學技術等領域,其中不乏孤稀珍罕舊槧秘笈,堪稱溫陵文獻之幟志。

值此《泉州文庫》出版之際,謹向各支持單位、個人和參加點校的專家學者表示誠摯的感謝! 由於涉及的學科和內容至爲廣泛,工作底本每有蛀蝕脫漏,加之書成衆手,雖經反復校勘,但限於水平,不足或錯誤之處還是難免,敬請讀者批評指教。

泉州地方典籍《泉州文庫》整理出版委員會<br>
二〇一一年三月

# 整理凡例

一、《泉州文庫》(以下簡稱"文庫")收録對象爲有關泉州的專門著作和泉州籍人士(包括長期寓居泉州的著名人物)著作,地域範圍爲泉州一府七縣,即晋江(包括現在的晋江市、石獅市、鯉城區、豐澤區、洛江區)、南安、惠安(包括泉港區)、同安(包括金門縣)、安溪、永春、德化。成書下限爲一九四九年九月以前(個别選題酌情下延)。選題内容以文學藝術、歷史、地理、哲學、政治、軍事、科技、語言教育等文化典籍爲主,以發掘珍本、孤本爲重點,有全國性影響、學術價值高、富有原創性著作優先,兼及零散資料匯總。

二、每種著作盡量收集不同版本進行比較,選擇其中年代較早、内容完整、校刻最精的版本爲工作底本,并與有關史籍、筆記、文集、叢書參校,文字擇善而從。

三、尊重原著,作者原有注釋與説明文字概予保留。後來增加者,則視其價值取捨。

四、凡底本訛誤衍漏,增字以[ ]表示,正字以( )表示,難辨或無法補正的缺脱文字以□表示,明顯錯字徑直改正,均不作校記。

五、凡底本與其他版本文字差異,各有所長,取捨兩難,或原文脱訛嚴重致點讀困難,或史實明顯錯誤者,正文仍從底本,而於篇末校勘記中説明。

六、凡人名、地名、官名脱誤者,均予改正,訛誤而又查不到出處之人名、地名、官名及少數民族部落名同異譯者,依原文不予改動。

七、少數民族名稱凡帶有侮辱性的字樣,除舊史中習見的泛稱以外,均加引號以示區别,并於校記中説明。

八、標點符號執行一九九六年實施的國家《標點符號用法》。文庫點校循新版二十四史及《清史稿》例,一般不使用破折號和省略號。

九、原文不分段者，按文意自然分段。

十、凡異體字、俗體字、通假字，如非人名、地名，改動又無關文旨者，一般改爲通用字；異體字已經約定俗成、容易辨認者不改。個別著作爲保持原本文字語言風貌，其通假字則不校改。

十一、避諱字、缺筆字盡量改正。早期因避諱所產生的詞彙成爲習慣者不改正。

十二、古籍行文中涉及國家、朝廷、皇帝、上司、宗族等所用抬頭格式均予取消。

十三、文庫一般一册收錄一種著作，篇幅小的著作由兩種或若干種組成一册，篇幅大的著作則分成兩册或若干册。

十四、文庫採用橫排、繁體字印刷出版。每册前置前言、凡例。每種著作仿《四庫全書》提要之例，由編者撰寫《校點後記》，簡略介紹作者生平、著作內容及評價、版本情況，說明其他需要說明的問題。

泉州地方典籍《泉州文庫》整理出版委員會辦公室
二〇〇七年二月五日

# 目　　録

瑟園詩草 …………………………………………………………… 1

李忠毅公遺詩 ……………………………………………………… 35

吴魯集 ……………………………………………………………… 77

# 瑟園詩草

# 目　　録

## 瑟園詩草 ……………………………………………… 9

仙霞嶺即事四首 ………………………………………… 9

題江郎三片石 …………………………………………… 9

和劉藩伯詩有序 ………………………………………… 9

星都潯陽賑饑阻風鄱湖四首 …………………………… 10

壬子除夕二首 …………………………………………… 10

癸丑元旦二首 …………………………………………… 10

和紀肭菴洪都喜雨原韻二首 …………………………… 11

贈江右撫軍董佑君先生十二韻 ………………………… 11

六月十三先慈諱日 ……………………………………… 11

留別劉藩伯夫子二首 …………………………………… 11

別黃天馭太守 …………………………………………… 12

富陽舟中 ………………………………………………… 12

山寺秋夜 ………………………………………………… 12

晚泊 ……………………………………………………… 12

登金山寺 ………………………………………………… 12

維揚東友人 ……………………………………………… 12

廣陵歲盡書懷 …………………………………………… 12

題畫 ……………………………………………………… 13

賦得花藥上蜂須 ………………………………………… 13

賦得不寢聽金鑰 ………………………………………… 13

3

| | |
|---|---|
| 賦得柳橋晴有絮 | 13 |
| 賦得陶令日日醉 | 13 |
| 孫惟一內翰假歸，以詩來別，步韻送之 | 13 |
| 送友出都 | 13 |
| 送傅侍御歸養 | 14 |
| 送庶常翟湛持左遷黎平司理二首 | 14 |
| 壽陳説巖年兄兩尊人 | 14 |
| 送陳綠厓僉憲維揚 | 14 |
| 秋夕，同館吳耕方、陳説巖同集孫止瀾書齋小酌賦懷，各以詩見示。因而有和，即步其韻三首 | 15 |
| 壽周述安太翁八十 | 15 |
| 送宮保王大司馬致政歸里十五韻 | 15 |
| 和陳説巖太史冬至朝賀 | 15 |
| 雪夜熊敬翁院長招飲集字二首 | 16 |
| 壽陳水部省齋封母七十 | 16 |
| 雪霽望西山 | 16 |
| 壽林庶常封母五十 | 16 |
| 早春署中對雨 | 16 |
| 贈董舜民孝廉 | 17 |
| 送同年洪暉吉歸四明 | 17 |
| 送林穆之應州訪弟二首 | 17 |
| 秋日，馮亦齋先生招飲亦園，即事賦贈和韻四首 | 17 |
| 賀崔惕菴臬憲六十壽，時值攀舉雙麟之慶 | 18 |
| 賀孝感熊敬菴先生大拜二首 | 18 |
| 送崔玉階學士請假歸里二首 | 18 |
| 朱人菴自棗強見訪，歸時賦贈 | 18 |

| 送韓珠崖太史歸娶 | 19 |
| 元日 | 19 |
| 御河新柳 | 19 |
| 寄懷故泉州司理龍[象]周 | 19 |
| 送吴篤生學士歸里二首 | 19 |
| 萬壽節群臣慶賀，兼得楚省捷音 | 19 |
| 飲李湘北宅步月而歸 | 20 |
| 秋海棠 | 20 |
| 莫秋雨中訪陳説巖同年，留酌集字 | 20 |
| 莫秋諸同人集字，題郭太史前輩百可亭 | 20 |
| 秋日集李書雲亭館，步韻五首 | 20 |
| 送孫惟一學士歸淮南省覲三首 | 21 |
| 秋日重集亦園步韻三首 | 21 |
| 閱射西苑扈從恭紀二首 | 22 |
| 冬至日雪，過郭快菴前輩宅，觀盆梅集 | 22 |
| 賦得僧敲月下門 | 22 |
| 喜雪 | 22 |
| 歲莫次韻三首 | 22 |
| 元日次韻三首 | 23 |
| 上元前三日，同高陽李夫子齋宿閣署，即事次韻 | 23 |
| 上元前一日，同李高陽夫子、李湘北同年齋宿道院次韻 | 23 |
| 上元日，直宿閣中賜饌恭紀 | 23 |
| 祈穀壇陪祀次韻恭紀 | 24 |
| 壽李高陽夫子 | 24 |
| 清明即事 | 24 |
| 寄快園雅集 | 24 |

奉使過德水阻雨,逢少宰杜肇余年兄讀禮歸舟,以詩見贈,步韻
　　奉答三首 ································································· 24
奉使到德水,阻雨三日。韓坡蕭年兄連柬招過書齋,且觴且話。
　　相對永日,竟忘濡滯之苦,□此奉贈 ······························· 25
賀王代工學士舉子 ······························································ 25
西洋國貢師子恭紀 ······························································ 25
次韻和李高陽夫子上禱雨南郊,甘霖立沛之作二首 ··············· 25
題戴笠垂竿圖,贈毛會侯同門 ············································· 25
張儀部、計部兩先生祖孫合祀鄉賢紀盛 ······························ 25
上駐蹕瀛臺,賜百官魚,謝恩恭紀 ········································ 26
送李省甫還閩,兼懷厚菴學士二首 ······································· 26
聞諸同人秋日泛舟大通作 ···················································· 26
登倦榭望西山 ······································································ 27
早雪集字 ············································································· 27
微雪,陳說巖學士招同諸年友東齋集字 ································ 27
歲莫書懷二首 ······································································ 27
送楊以齋憲副撫黔二首 ························································ 27
送丁雁水分刺贛南 ······························································ 28
送陳北山別駕之任宛城 ························································ 28
贈劉瑞生 ············································································· 28
劉檀翁先生崇祀鄉賢 ··························································· 28
羅揚庭先生崇祀鄉賢 ··························································· 28
讀陳真亭先生顯忠錄感詠 ···················································· 29
送陳解人歸閩中二首 ··························································· 29
馮氏雙節歌 ········································································· 29
送馮再來少司寇迎母櫬歸葬 ················································ 30

| | |
|---|---|
| 輓茆一峰編脩 | 30 |
| 送汪檢討使琉球 | 30 |
| 送林石來奉使册封琉球 | 30 |
| 題趙星水抱琴看鶴圖 | 31 |
| 贈范節母鄭氏 | 31 |
| 壽李厚菴學士太夫人二首 | 31 |
| 送金悚存少司馬撫閩 | 31 |
| 壽謝司訓 | 31 |
| 壽李湘北少司農瞿太夫人年母二首 | 32 |

**校點後記** … 33

# 瑟園詩草

### 仙霞嶺即事四首

片片輕嵐乍有無，依微鳥語隔豀呼。數間野店蒼煙裏，待客新開玉帶壺。過山酒有玉帶春。

### 其 二
磴道紆迴度石梁，參差隱見忽成行。天風卷霧吹將去，恍惚身疑漲海旁。

### 其 三
崖懸壁峭路疑窮，萬木叢中小逕通。石瀨淙淙人不見，一聲風度落溪東。

### 其 四
匝地紅花不記名，更饒松竹間深菁。綠幰繡幕重重紫，□霧彤霞片片行。

### 題江郎三片石

斧削神工石勢奇，雲端聳翠看離披。寰中形勝誇三島，海內名山匹九疑。應有乘鸞來越嶠，曾聞躍鯉出仙池。欣逢霽色山容現，銷盡寒煙紫氣垂。

### 和劉藩伯詩有序

江右劉藩伯夫子，斯文領袖，風雅宗工，雖譽擅騷壇，志存康濟。涖事以來，詢疾瘝苛，三載政和民康。小子某補官北上，取道豫章。鷁首所至，博採風謠，無不家護召棠而人歌郇雨者。公餘侍坐，出所作《星都潯陽賑饑阻風鄱湖》及《壬子除夕癸丑元旦詩》凡八章見示。深厚悱惻，體國憂民，情見乎辭。不謹與騷人墨客竟長，風雲月露之句而已。不揣効顰，步韻恭和。知淫哇細響無當雅奏，聊鳴往響之私爾。

### 星都潯陽賑饑阻風鄱湖四首

薇省民艱亟,泛雍轉慮遲。不辭星趣駕,遑恤浪侵帷。拍岸風濤壯,纓冠心事危。其咨誰俾乂,撫景有餘悲。

### 其　　二

投艱貽碩哲,納麓意何尤。寧以波臣怒,遂忘汲相籌。沛膏知是雨,利涉便爲舟。莫訝蒼茫裏,輕舠一葉浮。

### 其　　三

憂來不暇懶,揮翰敢辭嘈。聊用繪圖意,偏將撫字勞。匡廬筆捲霧,潯浦氣蒸濤。白雪知難和,空餘鶴在皋。

### 其　　四

捄荒周禮備,積貯萬家連。竟使瘡痍起,盡登衽席眠。稻粱通楚水,檣艫接吳天。從此維魚夢,謳歌罷宿遭。

### 壬子除夕二首

羲鞭催短景,心靜自悠遲。問夜千家樂,懷辰五位思。黍次滕閣律,棠苿漢南枝。薇署深肩際,端居念在斯。

### 其　　二

且勿驚霜鬢,來朝又履端。自熒宵燭霽,姑任暮鐘殘。逸韻開新煦,高吟散夙寒。迴思庭燎夜,鵠立侍臣看。

### 癸丑元旦二首

首祚開春籥,芳辰此倍妍。江樓初暎日,沙渚淡籠煙。節元音重□,新篇旦氣傳。閩疆同擊壤,簫鼓樂華年。

### 其　　二

晴霞看海國,淑景自燕臺。北苑花初苗,南枝鳥欲來。□寂春氣繞,閶闔曉風開。椒頌誰能儷,燃藜曠代才。

### 和紀朏菴洪都喜雨原韻二首

多稼大田詠,應知雨雪功。雲同年則有,石觸澤何隆。霢霂千郊外,精誠一念中。桑林冀事禱,牧伯播仁風。

### 其 二

傳呼星駕出,比屋慶方新。倏看屯膏沛,毋煩巽命申。川光行處好,野色望中均。欲作爲霖頌,高懷媿昔人。

### 贈江右撫軍董佑君先生十二韻

北斗鈞衡重,西江節蠹尊。荊吳資控引,閩粵藉屏藩。分陝聲名播,歌郇膏雨存。綠阡欣舊德,丹掖快新綸。猥以觀光末,濫從設榻倫。縞衣通夙好,款語接諸昇。御李生平慰,登龍宿昔敦。詢蕘籌海嶠,采菲逯郊邨。萬井庚公月,群才梁孝園。仝袪河朔暑,并作柏臺溫。地迥霜烏愛,天高霞鶩恩。願陪簪筆後,金鼎看調元。

### 六月十三先慈諱日

章城六月繫鄉思,却憶當年此日時。夢裏音容空幻□,槃中蘋藻漫遲疑。心傷燕市連鑣馬,泪盡離亭送□□。未報劬勞身欲老,松楸南望不勝悲。

### 留別劉藩伯夫子二首

清時補袞舊名賢,匡濟特勞作翰宣。青瑣垣高聯五鳳,紫薇望重卜三鱣。雲留鄂渚遥低樹,雨暗章城近接天。側耳風謠齊擊壤,恩波猶向及門偏。

### 其 二

旅程六月滯江干,伏暑長歌行路難。驛騎連旬馳紵縞,冰廚何日輟槃餐。綢繆欸語師如父,披拂香風蕙與蘭。暫隔絳幃情窈窕,憑將書寄報平安。

### 別黃天馭太守

驛館春還賦北征，焰陽遠客滯前程。鮫綃篋裏分冰縠，玳瑁槃中薦水精。每憶鵑棲生感激，翻從離別識親情。慰懷最是勞亭酒，猶看兒童竹馬迎。

### 富陽舟中

水光澹蕩映輕舟，遠望群峰青入眸。萬頃桑田猶帶雨，千家麥隴半臨流。笳聲吹送山城近，檻影平分島嶼浮。漸覺潮來四野潤，錢塘江色已全收。

### 山寺秋夜

遠岫驟將夕照收，芳菲歷亂菊花秋。疏鐘旅館清殘夢，涼月長簷起百憂。古殿梵聲遙調鶴，曲池航影靜迎鷗。逢僧悟却無生解，斜向楊梢散客愁。

### 晚泊

荒郵繫艇王程迫，此次年來已數過。空際晚山雲影薄，尊前秋水月明多。長途客路憑舟楫，幾處人家近薜蘿。極目蒼茫身世外，眠鷗浴鷺滿晴莎。

### 登金山寺

矗然卷石砥江流，此際登臨客思悠。一柱孤撐空世界，千門環映古臺樓。波光蕩漾琉璃破，雲影溟濛荇藻浮。縱目乍驚天地闊，蒼相渺渺望中愁。

### 維揚束友人

萍蹤泛泛歲歸時，欲折馨香寄所思。待訴離愁憑夢寐，空聞歌管隔簾幃。江濤趣客聲相送，山月留人影自隨。寄語畫堂騎鶴者，應非彈鋏贈新詩。

### 廣陵歲盡書懷 庚戌前稿。

寒梅欲吐暮江濱，雪霽登樓獨愴神。旅舍杯空慚對客，郵亭眷好總遺人。

昔傳乘鶴飛何處,賸有飄蓬伴此身。遥憶家國傳柏酒,雙雙白髮望歸塵。

### 題　　畫

結廬巖畔學幽棲,叠嶂雲深路欲迷。褰幌夢遊清晝永,松風瑟瑟草橋西。

### 賦得花藥上蜂鬚

午霽風和景色饒,安排名圃美柔條。欣携侶伴寄花去,莫遣芳菲到眼遥。忽見深叢俱采采,欲尋嫩蕊已迢迢。憐君應有貪癡癖,短袂微形繞樹飄。

### 賦得不寢聽金鑰

楚院空濛鎖曙暉,珠筵玉燭照垂衣。絲綸閣靜聯丹陛,仙掌露寒對紫微。視夜有懷偏炯炯,封章無語每依依。時聞急響低吹度,不覺丹心繞省闈。

### 賦得柳橋晴有絮

近郭芳塘野照偏,紫屝曉曙數峰連。新苔踏破泥交綻,嫩萼飄殘態倍妍。難較脩篁娛勝賞,也同密藻待薰眠。翻風亂繞征人眼,怪爾參差引客憐。

### 賦得陶令日日醉

五柳無秋夏,蕭疏雅趣怡。蕩襟隨載酒,洗罨欲題詩。紆紫當歌少,謝簪入道宜。頹然同野菊,歷亂任風吹。

### 孫惟一内翰假歸,以詩來別,步韻送之

交道無今古,情深自去來。紗窗晴復雨,竹逕閉還開。送子雲歸岫,愁予月滿臺。離思牽客夢,何處陟崔嵬?

### 送　友　出　都

歸與豈倦遊,驪唱出皇州。燕麥迎車早,鶯花入眼愁。雕龍名藉甚,射虎事

堪求。別後還相憶,春深人倚樓。

送傅侍御歸養庚戌前稿。

驄馬承恩紫闥歸,聖明勵節首庭闈。待將子道風臣道,看解朝衣換舞衣。分去俸錢沽酒美,扶來筇杖種蔬肥。天南五載京華客,猶自瞻□夙願違。

送庶常翟湛持左遷黎平司理二首　庚戌前稿。

三年藜閣校書郎,一日承恩出建章。驛馬方尋銅鼓路,丹心尚繞石渠旁。孤城客夢驚寒杵,千里征人悵夕陽。豈把詞臣勞吏事,由來聖主念遐荒。

其　　二

丰姿峭直本天成,攬轡澄清壯此行。客路風波連仕路,人情岸谷豈君情。孤鴻嶺外鄉書杳,夜雨瀟湘潦水平。到處逢人驚物色,莫題禄閣舊聲名。

壽陳說巖年兄兩尊人

太行西北聳奇特,鬱蒼巀屼不可測。蜿蜒綿亘千萬重,層崖摩空迥難即。先生家世宅其旁,間氣磅礴厚所殖。伯氏經濟仲文章,二方才名咄相逼。婆娑藝苑賦凌雲,策射天人空冀北。潛德初看化里間,太丘道風真楷式。袒裼敞廬三十春,尚餘五柳門前植。一經教子著義方,扶搖直上萬里翼。天子臨軒重史才,摘文特畀木天職。小子玉署幸隨塵,朝共染翰夕濡墨。十年芝閣拂御香,六街踏遍青驄勒。燕臺遥隔幾千里,時想先生好顏色。白首香閨欣舉案,微流彤管光内則。清秋花甲算初週,雙星耿耿天河側。瓊宫瑶殿三十六,蓬萊環島峰岁斶。交梨火棗非人間,木公金母共嬉食。君不見岡陵松柏億千年,願言寵壽與無極。

送陳緑厓僉憲維揚

高軒擁節過蘆溝,載酒歌驪燕市樓。雨洗雷塘秦嶺曙,沙明瓜步海陵秋。

車書萬國通王會,控制千年重上游。莫羨相傳騎鶴好,循良自古屬韓歐。

### 秋夕,同館吳耕方、陳説巖同集孫止瀾書齋小酌賦懷,各以詩見示。因而有和,即步其韻三首

良會君如許,寸幬未到吾。興闌宵漏短,語細壁燈孤。宦冷餘詩卷,愁新賴酒壚。可憐風雨夜,聯榻話江湖。

#### 其二

疏嬾今成癖,何當與世宜。竹松三逕静,笳鼓五更遲。聞子驚人句,動予芳草思。空庭寒籜下,獨坐悵群離。

#### 其三

聚散生人事,渾如一夢中。鷗輕從水泛,葉嫩任霜紅。所以金閨彦,相携釀舍東。無緣同一醉,咄咄但書空。

### 壽周述安太翁八十

鑑湖秋霽水雲妍,鶴髮扶筇薄莫天。麟閣勳名牧畫舫,寶林風月逐詩牋。牙緋縱擬汾陽盛,芝草還欽甪(甪)里賢。欲駐朱顔無别訣,黃花釀熟醉籬邊。

### 送宫保王大司馬致政歸里十五韻

黑髮當朝老,明農雅志伸。承家名閥閲,經國古儒臣。盈詘分宵旰,榮枯護細民。度支煩使相,管籥儗衡鈞。且肅三章法,兼垂九伐紳。物皆登藥籠,客自啓平津。輝鳳將棲翽,游龍故戢鱗。要章辭聖主,手板贈同人。賜比鑑湖曲,行飄華嶽塵。百僚開祖帳,三輔睹綸巾。贏貯頒親舊,漁樵狎友賓。五知堂著扁,四妙塢藏春。樂可追香杜,心仍注北辰。太常勳每紀文,議問方頻。珍重東山卧,莫云止足身。

### 和陳説巖太史冬至朝賀

纔從清蹕告升中,旋看垂衣萬國同。晷影履長移八表,鵷行肅穆接三宮。

日承龍袞重瞳近,露灑越裳九譯通。獻賦子雲稱獨步,慚將下里濫歌工。

### 雪夜熊敬翁院長招飲集字二首

遣愁思曩會,綺榻且重開。净牖霏瑶蕊,虛堂濕舊苔。輕姿風竟迥,粉魄露還猜。永夜堪沉醉,曉鐘處處催。

### 其　二

好友都城集,啣杯癖性怡。仙詞偏醉得,短調受醺欺。百歲人云老,三旬夢共知。多君饒古意,欲去更遲疑。

### 壽陳水部省齋封母七十

寶婺星輝曲水亭,徽流彤管郝鐘刑。眉齊德曜高梁案,絳坐宣文授宋經。小歲尊開梅欲綻,紫泥封啓雪方娉。懸知綵舞承歡日,猶詔學詩擬過庭。

### 雪霽望西山

晴空西望曉容橫,黛打千巖一氣平。綺陌寒光簾幌映,霜枝晚翠畫圖迎。可能覓勝邀僧話,共擬扶筇聽澗鳴。好友招攜欣快賞,陶然洗酌勸同傾。

### 壽林庶常封母五十

海國三山如鼎足,巋然聳峙俯郊塵。磅礡蜿蜒氣蘊結,其中巾幗亦稱賢。三山蔣氏予孔李,心儀林母自昔然。班家女子曹家婦,玉皎霜清三十年。一經教子荻作字,殘機夜半未寧眠。而今姓氏香芸閣,猶記抱兒渭陽邊。渭陽春風知幾度,崢嶸魏舒屈指數。何甥何兒了無猜,翩翩蘭玉階前樹。一朝舊翮上九天,宅相于今真不誤。潘輿燦爛珈翟新,笑謝當年結髮人。桃符初換柏尊開,火樹銀花褓暗塵。東方欲白三山裏,賓朋歡笑稱觥始。今日之樂樂何其,請看三山不老時。

### 早春署中對雨庚戌前稿。

條風春未□,細雨暗生寒。北闕雲中隱,西山畫裏看。解吟須酒發,問字已心殫。惆悵鳴柯鳥,何時振羽翰?

### 贈董舜民孝廉

春城燕坐憶匡廬,襆被輕裝禊事初。過眼谿山收夾袋,關情煙雨逐樵漁。問奇多載滕王酒,贈句驚探鴻寶書。僧舍乍逢詢出處,君家大阮近何如?

### 送同年洪暉吉歸四明

四明才子舊娉婷,一掛朝冠跡不停。殘夢雞聲催曉月,平原馬首帶春星。未知芳草爲誰綠,徒見垂楊向汝青。此去鑑湖容醉卧,相思還問幾時醒?

### 送林穆之應州訪弟二首

林子詩名擬七歌,燕臺客歲雲中過。那堪六月還征北,獨爲二難更渡河。匹馬邊城嘶觱篥,寸心故國怯兵戈。知君聚首桑乾路,不啻夔門涕淚多。

### 其 二

相逢燕市但咨嗟,兵革天涯道路賒。爾到雲中還有弟,我留輦下已無家。愁同異地關山月,夢怯他鄉大小笳。聞說閩南將解甲,<small>時遣人招撫耿精忠。</small>遲君斗酒看黃花。

### 秋日,馮亦齋先生招飲亦園,即事賦贈和韻四首

名園柳色暎波光,上相邀賓雅趣長。敢共鳴珂循曲逕,爲隨步屧俯方塘。清商響入高秋調,白雪歌傾綠野觴。燕許詩成應閣筆,聊賡既醉志難忘。

### 其 二

城南別館鎖秋光,萬柳蕭疏古意長。亂樹啼烏喧隔岸,微波泳鯉靜迴塘。相公樂趣同飛躍,上客高懷寄咏觴。此日追陪承謔笑,家園回首何能忘?<small>李高陽韻。</small>

### 其 三

超然塵外意,十畝足幽尋。山色當園净,人聲到柳深。齋居資獨賞,同樂訂

知音。歡宴吸承日，提携識素襟。

其　　四

鼎臣休沐暇，泉石豁塵襟。種柳寧論樹，買山不愛金。樓臺惟有地，稼圃自無心。秋日風光好，幽期結侶尋。<small>杜實垠韻。</small>

賀崔惕菴臬憲六十壽，時值欒舉雙麟之慶

天澄桂宇酌霞觴，恰見雙珠暎畫堂。豸府飄香蘭繞砌，蟾宮度曲羽爲裳。松姿此日籌添屋，麟趾它年笏滿床。共道高門繁分祉，如川世澤衍無疆。

賀孝感熊敬菴先生大拜二首

黃麻忽自五雲頒，拜舞聲騰鵷鷺班。濟世功居房杜右，昌言心在禹皋間。鶴陰克和符群望，魚水同歡識聖顏。阿閣瑞儀今再紀，薊門元有廣成山。

其　　二

藹若春陽澹若秋，先天道在迥誰儔。至尊夢卜思黃耳，元老經綸尚黑頭。前席他年資啓沃，亮工此日答殷憂。喜從丹地趨陪後，雅奏時聞東序球。

送崔玉階學士請假歸里二首

離亭兩度送君歸，還著當年舊錦衣。自是榮名輕敝屣，偏餘清夢繞柴扉。蘆溝曉月嘶征馬，淇水秋風問釣磯。此別何時重把臂，長安回首故人稀。

其　　二

廿載交情道誼真，每逢出處細咨詢。閒拈今古心期壯，話到君親涕淚頻。愁眼相看惟白髮，華簪一謝即閒身。閩南儻有銷兵報，記把音書問海濱。

朱人菴自棗强見訪，歸時賦贈

三載懷人祇夢尋，青燈一夜喜譚心。纔將別恨抛尊酒，誰識歸思動素襟。仲舉從茲懸客榻，子猷徑去卧山陰。獨憐閩海烽煙日，直認恒州作故林。

### 送韓珠崖太史歸娶

畫錦堂開聽鴈鳴,爭看洗馬羨神清。誰將褵結達楓陛,肯使絲聯讓玉京。燭影遥分蓮炬焰,瓊枝近暎翠鈿明。里言漫擬催妝句,催得妝成好喚卿。

### 元　日 庚戌前稿。

帝城畫閣曉鳴鐘,早識年光換宿容。雲覆苑墙舒五色,春隨斗柄到三農。不緣元后裁天地,那得蒼生睹變雍。從此條薰時拂面,行看夾岸被華穠。

### 御 河 新 柳

樹色青青上苑傍,芳辰覓侶幾傾觴。橫塘微葉還歌影,曲澗初眉欲斷腸。淡蕩低隨春草舞,支離懶待曉□藏。空教短髮饒佳興,又恐憑高眺故鄉。

### 寄懷故泉州司理龍[象]周

誰將身世等醯雞,勇退高風未許齊。姓氏應知登玉室,行藏無復羨桃溪。一尊滿對花前酌,十畝閒觀雨後犁。何日塵襟能灑脱,山阿水曲共招攜。

### 送吴篤生學士歸里二首

禁林侍從喜聯趨,馬首南征悵貳途。蘭畹心同寧幾在,應行群判誰相呼？何能惜别魂無黯,重念臨岐掌已孤。嗟我家山空有夢,送君懷感淚如珠。

### 其　二

意氣晨星苦暫離,國門柳色正紛披。眼看知己偕春去,無那懷人對月思。戡亂只今憑分胄,修文終見重龍夔。優游稍適園林興,竚聽轔音勿□遲。

### 萬壽節群臣慶賀,兼得楚省捷音

建章宫曉五雲妍,八極恭陳萬歲箋。露布争傳倚馬句,呼嵩更祝放牛年。

燕臺柳色暉杯斝，楚塞鐃□□管絃。此日群工歌既醉，岡陵迭頌酒如泉。

### 飲李湘北宅步月而歸

勝友留賓樂有涯，傾尊對酌興還賒。爭看晧魄光分燭，乍弄金波麗作花。松籟侵簾知幾處，砧聲喚夢到誰家？扶攜正爾忘昏曉，寄語流陰勿故遮。

### 秋　海　棠

晝净空階迥，鮮英寫麗姿。暎簾低掃黛，對鏡淡留脂。漸想温柔態，欣看睡醒時。家國餘夜夢，幽□杳難期。

### 莫秋雨中訪陳説巗同年，留酌集字

片片丹楓落古岑，低霏輕靄到墻陰。聲搖畫幌篁迎翠，煙漫空庭菊綻金。美景初逢宜索醉，忘機相對且橫襟。惱人獨有蕭疏意，恍忽東鄰響莫砧。

### 莫秋諸同人集字，題郭太史前輩百可亭

閒雲濃淡暎琴書，百尺層樓有道居。韻遠留賓拈彩筆，興酣把燭拾園蔬。香凝露筍青堪滴，色帶秋霜老倍舒。最羨仙腸還作賦，長篇短句浩歌餘。

### 秋日集李書雲亭館，步韻五首

繁華城闕地，結構似衡門。古樹侵苔色，叢蘆破水痕。登臨秋自好，身世酒堪渾。磊塊心中事，今宵乍不屯。

### 其　二

主人同北海，載酒不須賒。妙舞輕秋燕，清歌落晚霞。興來更漏短，坐久斗杓斜。秉燭行遊際，何當問我家？

### 其　三

開軒忽曠然，空翠寫遥天。漫較詩工拙，且看酒聖賢。披襟斜照後，携手綠

陰前。滄海還相憶,殷勤記此年。

### 其　　四
愁來何處望江潰,折簡招携喜有君。傍水樓臺多爽氣,清秋碧落自晴雲。砧聲暗逐歌聲度,舞影平將月影分。樂極幾忘鄉信杳,歸飛不羨野鶴群。

### 其　　五
亭臨曲沼俯潺湲,恍若尋幽洞壑間。霽後迎眸皆綠樹,雨餘無處不青山。客逢詩酒愁應減,人對煙霞意自閒。到眼風光休錯過,吾生草草幾酡顏。

### 送孫惟一學士歸淮南省覲三首
潞水輕舟客路頻,西風瑟瑟別愁新。驪駒一曲尊前意,金馬三年夢裏身。歸去裏回聯轡侶,到來鄭重寄書人。勸君早起東山臥,莫使卭須數黯神。

### 其　　二
輕霜一夜早寒來,小閣□筵竹外開。人爵不貪三逕去,君恩重載五湖回。顏承白髮班衣近,興足青山好鳥催。惟有關情同學者,臨風立馬幾遲迴。

### 其　　三
斷金十載好非阿,早識林泉有宿痾。目送長淮鴻雁遠,心驚秋苑菊花多。憑將斗酒留君醉,不禁千愁奈我何？歎息同聲人獨去,于今世路足風波。

### 秋日重集亦園步韻三首
相國名園臨勝地,招携不厭歲時賒。樹翳萬柳□添翠,席傍中秋月欲華。徑轉初疑亭制改,林深未覺鳥聲譁。追陪頓令塵懷豁,何事東山趁晚霞。

### 其　　二
此地幽尋憶往秋,咏觴迭唱俯清流。園林景物欣如昨,世路升沉悵不侔。<sub>熊敬菴昔年同遊,今年罷相。</sub>且向水雲賒野色,奚須綺錦起層樓。鼎臣饒有滄洲興,霽月光風許共遊。

### 其　　三
露白天高爽籟生,勝遊重訪客思清。紆迴舊路隨騶轉,丹堊新橋夾岸橫。

曙色望中嵐氣接,蒼煙斷處碧流明。莫云身在塵寰裏,此際登臨即丈瀛。

### 閱射西苑扈從恭紀二首

熊羆應詔鳳城西,電掣星流巧力齊。技妙穿楊仍飲羽,材雄扛鼎更劘犀。共看天駟騰風雨,應識宸衷軫鼓鼙。此日鷹揚儲玉簡,他年虎拜捧金泥。

### 其　　二

鑾輿較射出離宮,侍從承恩扈蹕同。羅駿鑒超牝牡外,銷兵事在矢弧中。皇靈遐暢開昌運,聖武丕揚繼大風。竊愧曾無穿札技,侍濡柔翰紀戎功。

### 冬至日雪,過郭快菴前輩宅,觀盆梅集

日南應節報陽回,寒谷灰飛候蚤催。幾點蕭疏飄小逕,數枝隱約傍新醅。紅爐擁挹尊罍接,烏几招尋杖屨來。縱眼春光知不遠,故園綠萼為誰開？

### 賦得僧敲月下門

巖扉夜閉净無塵,坐對蟾宮理妙因。慧解方期空際得,希聲忽報靜中論。莫非步月尋高士,豈是跨鸞訪羽人？引到離光頻借問,欣逢禪侶破輕脣。

### 喜　　雪

林煙夕澹日痕低,瑞雪空郊大地齊。皎暎簷頭爭皓月,白飄天外亂飛梨。歌先野老頻傾斗,興動騷人幾照藜。漫說維魚隨牧夢,吾君膏澤到青畦。

### 歲莫次韻三首

流光如電歎飛騰,欲挽羲鞭判莫能。自顧形骸慙跼蹐,空隨呼拜愧因仍。鄉關夢裏憂虞伴,雨雪聲中僕馬朋。簪紱徒縈成底事,怯聞簫鼓掩寒燈。

### 其　　二

壯心暗逐年華盡,老態爭隨齒頰來。憶舊寧堪滄海變,感時正怯戰場開。

烽煙七建貔貅武,藜火三冬亥豕才。計日天期□掃蕩,故園椒獻幸趨陪。

其　　三

明光久侍閱晴陰,夜夜鐘聲夢裏尋。賜沐纔知皇澤渥,歔幽未答主恩深。方剛嬾話當年事,後老終憐莫歲心。此際微臣初優息,柏尊皇解共誰斟?

元日次韻三首

萬象開新曉,年華子半過。九衢寒氣歛,雙闕鬵雲多。朽質塵三命,清班點一旛。晨鐘驚短夢,潦倒意如何?

其　　二

有勅停朝賀,新年寂莫回。帝心方却頌,臣誼敢傳杯。共識殷憂意,誰當懷抱開。待聞鯨浪息,樂聖故山隈。

其　　三

迎歲時方好,問年齒又長。但存薑桂性,未惜鬢毛霜。屏跡培元念,齋居謝俗忙。客心何所寄,松雪想清芳。

上元前三日,同高陽李夫子齋宿閣署,即事次韻

丹詔捧來尺一綾,上公邀訂肅晨興。齋心止合天爲主,祗事自應道作朋。獨拂春風三署暖,共聞宮漏九霄澄。追陪再夕歡無限,何似程門氣象稜。

上元前一日,同李高陽夫子、<br>李湘北同年齋宿道院次韻

上辛肅事認前儀,不是甘泉五時祠。黼座先精禋祀念,群工敢懈甲庚期。花燈道院宵熒際,師友心齋坐對時。報道新年農事好,東風吹動上林枝。

上元日,直宿閣中賜饌恭紀

鳳詔待將五色裁,宮廚捧出御筵來。丹黃名果參差列,赤白金盤次第開。

拜手綸溫新雨露，俯衷餐素愧輿臺。恩榮恰值傳柑節，退□從容放夜回。

### 祈穀壇陪祀次韻恭紀

建章宮啓曉鐘聞，法駕時乘擁五雲。帝念農功嚴對越，天開霽色答憂勤。條風應節昭鴻瑞，繭栗升中感至文。盛典躬逢何所獻，惟將精白佐芳芬。

### 壽李高陽夫子

帝丘名里欝高崧，間氣生申錫福隆。廿載鈞衡黃閣老，兩朝弼亮黑頭公。玉瑱肇啓陳書瑞，丹扆親資坐論功。喜見泰階平有象，謳歌仁壽八荒同。

### 清明即事

東郊細草接汀洲，綠墅飄英耐勝遊。楊柳津前爭度燕，菖蒲昭裏舊眠鷗。攜觴每喜鄰江寺，倚榻群懷聽雨樓。素髮抛看園景變，安身未覺厭遲留。

### 寄快園雅集

西園亭午趣常幽，每逐高朋訪勝遊。寓目且尋新柳迳，傷心莫上望家樓。蕉風入枕琴書冷，筯吹傳空鬢髮秋。我欲攜觴同醉咏，殘紅零落□齋頭。

### 奉使過德水阻雨，逢少宰杜肇余年兄讀禮歸舟，以詩見贈，步韻奉答三首

飽盡征塵到水汀，無端風雨滯郵亭。開函瞥見相思句，還憶當年共載星。

#### 其二

蓼莪詠罷念征人，情事殷勤楮素陳。五載鄉關歸夢繞，知君憐我自酸辛。

#### 其三

乍賦皇華驛騎輕，勞勞客路客魂清。敢云守越誇翁子，豈是橅巴學馬卿。亂後妻孥知主德，旅中風雨見朋情。來朝策馬平厚道，回首雲中憶帝城。

奉使到德水,阻雨三日。韓坡蕭年兄連柬招過書齋,且觴且話。相對永日,竟忘濡滯之苦,□此奉贈

連朝風雨滯征車,好友招攜歸舊廬。三逕蕭疏徵士菊,一床班剝子雲書。榮餐羅列仍真率,肝膽披離轉靜虛。愧我駪駪如靡及,對君暫爾抱懷舒。

### 賀王代工學士舉子

太史宵占德曜明,燕山瑞色曉瑩瑩。充閭共羨烏衣巷,繞砌群矜玉筍英。每看扶牀知骨貴,蚤從學步識神清。鳳毛定出高門裏,湯餅佳辰莫厭醒。

### 西洋國貢師子恭紀

重譯梯航神獸通,遐荒殊域喜來同。越裳自識真人氣,大宛何勞廣利功。漢代貢傳安息遠,唐時賦紀世南工。聖朝異物原非貴,獨幸皇靈暢八風。

### 次韻和李高陽夫子上禱雨南郊,甘霖立沛之作二首

郊壇雩禱乍清宮,聖主明禋事不同。早有微風迎翠輦,旋看靈雨灑晴穹。臣民共喜天心格,遐邇咸傳帝德通。秩祀駿奔慚顯相,衹隨巫史祝年豐。

### 其 二

露冕精處出法宮,應時靉靆見雲同。馨非黍稷惟明德,建極維皇即昊穹。六事責躬孚感速,庶徵綏福哲謀通。千郊霢霂知霑足,牧夢占言屬歲豐。

### 題戴笠垂竿圖,贈毛會侯同門

戴笠垂竿者誰子,白石青苔坐未已。釣絲不動江海水,照見巨魚清徹底。錢塘三月波浪深,西邊山木森成林。孤舟擬向嚴陵去,時到灘頭聽龍吟。

### 張儀部、計部兩先生祖孫合祀鄉賢紀盛

淮海多異人,姓名標前史。誰爲一門中,奕葉垂高軌。儀部萬曆朝,風節何

歸暐。當其監倉儲，蠡蠡不敢哆。迨乎陟儀曹，健骨更卓爾。抗疏安嗣君，社稷功信偉。一旦忤權豪，拂袖歸故里。隆名重丘山，介節絕迤逦。晚歲復登庸，盡瘁見素履。計部崇禎代，芳規尤足擬。十庫絕弊端，九邊無宿痏。維時當末造，流氛突如豕。江淮咽喉地，甌瓿無完塊。計部歸讀禮，當事資謀理。繾綣佐臨戎，萑苻不敢視。至今淮陽人，謳歌比畏壘。我聞古先典，有德則宜祀。儀部祖孫間，俎豆豈溢美！事往人猶思，身後名逾起。群公錫華袞，輿頌盈桑梓。姓字兩輝煌，牲牷雙□□。巍巍峴首碑，千秋勤仰止。

### 上駐蹕瀛臺，賜百官魚，謝恩恭紀

槃中發發燦金鱗，聞道我皇敕賜親。內侍傳旨云："此魚是朕親看打的。"玉食恩應分膳宰，嘉魚頌自洽臣鄰。濯龍池上傳宣早，萬歲山前拜舞新。最喜薦先叨錫類，誦詩□媿伐檀身。

### 送李省甫還閩，兼懷厚菴學士二首

閩南奇士古人風，慷慨籌時若掌中。丸蠟獻書襄小□，省甫代厚菴叔也。閩變時，厚菴遣人以蠟丸間道上書省甫，贊襄其謀。棄繻伏闕陋終重。省甫代厚菴上疏辭學士之命，遂自條平海五策。指揮欲息鯨鯢浪，談笑待成表餌功。襆被蕭然霞嶺去，魯連今在海門東。

### 其 二

青溪舊邑擅名家，伯仲諸昆意氣賒。諧晉雖緣聯里社，學士與豚結婚。識荊偏是住天涯。尊開北海懷三益，榻下南州勝五車。獻歲燕雲齊握手，遲君應放石榴花。

### 聞諸同人秋日泛舟大通作

秋江如練作冰文，斷浦橫塘喜有君。共訂前溪移小艇，相邀古嶼嘯晴雲。潛鱗在藻高低見，亂葉離梢遠近聞。羨爾行遊多逸興，陶然獨酌□□醺。

### 登倦榭望西山

覓奇重步小樓偏，四□含虛氣萬千。木落長空纖鳥度，虹垂平谷數峰連。南窗縱眼憂方寫，北渚懷人恨獨掌。向夕遊絲微掛岫，參差倍倩旅情憐。

### 早雪集字

岫色蒼茫變夕暉，黃金臺上雪初霏。新寒著土肌猶涇（濕），餘藹開花貌失肥。素蕊偏依宮闕迥，香心不逐野塵飛。夜來照我如霜鬢，兩兩相看願未違。

### 微雪，陳說巖學士招同諸年友東齋集字

良辰結侶鳳城東，掃逕開尊此日同。粉蕊霏霏□□牖，銀花裊裊靜依風。宵寒纖影橫雲濕，漏永瑤詞帶酒融。快集長應留醉詠，郊原是處碧光籠。

### 歲莫書懷二首

匡牀夜坐旅魂癡，況是邊聲感我時。短髮羞將寒歲度，丹心獨傍紫宸遲。宵殘曉漏孤燈燭，夢怯春園老野葵。欲向虛亭澄百慮，不堪樹影亂支離。

#### 其二

煙樹蒼茫映遠沙，星分閩野傍天涯。爲期好友同尊酒，莫指白雲問我家。岫月深移軒外隙，盆梅難發雪中花。無端塞雁催聲急，亂逐蛩絃到耳賒。

### 送楊以齋憲副撫黔二首

憲臣啣命總西南，玉斧油幢出井參。十載梧垣傳亮節，一行箐谷掃重嵐。牂牁古郡天威讋，羅甸荒徼小醜戡。懸識蜀滇資控制，七旬干羽掌中談。

#### 其二

東華廿載共清班，萬里春明惜別顏。匹馬遙看銅鼓路，雙旌直下酉陽山。蠻人舊識天朝重，峒草新依憲府閒。信宿烽煙齊掃淨，調羹竚待袞衣還。

### 送丁雁水分剌贛南

使君節概自風流,棨戟新看鎮上游。鄴下盛名傳敬禮,虞中雅望屬荆州。都亭折柳篤天晚,贛水遺魚惜道脩。此去東南資控制,維桑應亦借前籌。

### 送陳北山別駕之任宛城

元后握洪化,敷治綏萬方。咨□□肱郡,佐理惟賢良。受命蒼龍闕,夙駕清水陽。利器試貞玉,騏驥騰康莊。欲效瓊瑶贈,愧彼清風章。行矣礪名節,古訓貴不忘。

### 贈劉瑞生

寫生寫神不寫貌,貌似神非終不肖。頰上之毛於人何損益,頓令見者嗟神妙。乃知形骸屬天真,世人漫言但寫照。劉[生]心手果大奇,昨來爲我畫鬚眉。畫就示人咸解頤,大笑老子乃在斯。劉生意態復坦然,大類邊韶腹便便。不學長康與龍眠,技藝之中自有天。東遊白門北燕地,王侯貴人争迎致。不惜金銀與錦綺,但得生畫咸滿意。吁嗟人生形貌歲不同,少年轉盼忽成翁。請君試向胞胎前,識取面目在箇中。

### 劉檀翁先生崇祀鄉賢督學劉梅父。

俎豆欽名德,衣冠景哲人。鄉呼□更定,輿論久逾真。八俊齊荀李,三君厠竇陳。歡承菽水舊,夢燦筆花新。瀛海垂高範,小山足隱淪。達賢應有後,正氣適稱神。行見璠璵種,重栽(栽)桃李春。他年雙木□,□火接黃綸。

### 羅揚庭先生崇祀鄉賢侍御羅秉倫祖。

威鳳生丹穴,毛羽異凡雛。渥洼出天馬,龍脊別常駒。物類欣有本,聲氣各自殊。羅公名家彦,聞譽美且都。孝友本天植,廉讓絕沾濡。曾參方錫類,薛包有令模。還金表高節，却餽絕貪趣。生平高懷抱，漁獵富典謨。雲亭朝矻矻，石倉夜矍矍。方將思繩武，而以先鎣弧。戰場迷五色，高才混泥塗。千秋志不遂，歲月忍令徂。蘇晉逃禪客，龎蘊遺榮徒。乃知潛躍候，果見天人符。令孫登禁苑，驄馬肅天衢。青蒲方垂範，白簡且揚枹。行見龍章賁，光生幽壤嵎。流澤推所自，貽謀道不渝。方今雍熙代，紀載重逸儒。幽媺終難掩，遺風信足揄。賡歌吾徒職，聊備輶軒諏。

### 讀陳真亭先生顯忠錄感詠

東甌往事不堪論，抗節何人慰至尊。仲舉芳名寰海識，平原烈魄古今存。錢塘八月驚潮色，鴈蕩千秋灑血魂。更有褒忠天語在，長留青史照乾坤。

### 送陳解人歸閩中二首

纔應征車召，如何便賦歸？簡書君命重，草土寸心違。夢繞江雲遠，情隨旅鴈飛。關河方雨雪，客淚莫沾衣。

### 其　二

屈指鄉邦彥，元龍豈易才。文章推上國，薦牘動秋臺。萬里松楸暮，千山雨雪催。長楊今未賦，三載待君來。

### 馮氏雙節歌

吾聞天台靈嶠多神奇，鐘英不獨鬚與眉。貞操淑德著彤史，馮氏再世稱女師。寒香一編吟未歇，又見孤燈指嚼血。赤虹促召玉樓人，黃鵠空啼青鏡月。銼薪是檗不知苦，采蓼爲羹淚如雨。堂上嫜姑已白頭，懷中呱泣未離乳。那知丹穴非凡雛，一朝奮翮凌天衢。將母天南還叱馭，東征逐子有曹家。風塵須洞地維圻，遺恨他鄉失同穴。使車仗節矢歸朝，遺殯猶棲洱海側。天戈西指鯨鯢奔，鹿車手致賴慈孫。朝簪暫解浮江水，馬鬣重封啓墓門。君不見烏頭綽楔高閭里，兩世龍章煥金紫。世人那用羨浮榮，子孝臣忠多福祉。青青墓□女貞枝,奕葉清風迥不移。還倩金聲赤城管,爲君重勒隴岡碑。

### 送馮再來少司寇迎母櫬歸葬

虎旅飛章達帝京,龍墀拜詔許親迎。一江流水浮輕艦,萬里靈輀數驛程。節孝閭門標史冊,恩榮終古識皇情。懸知至行過人處,芝草還應繞舍生。

### 輓茆一峰編脩

靈芝間代產,不與衆卉班。川嶽欝光氣,生才良獨艱。斯人秀丘園,置身青雲間。紅綾餅既束,牙籤點復斑。視草在廊廟,鈴索鳴珮環。衰朽荷見親,禮數殊等閒。道義相切劘,謔笑有餘憪。方期展大用,奈何時命慳。一朝失騏驥,零落空天閑。坐令蘭桂質,委棄榛與菅。我欲呼巫陽,筮予叩九關。冥冥不可招,魂魄何當還？惟餘一哭慟,老淚成潺湲。

### 送汪檢討使琉球

丹陛迢迢降使星,遠持玉節到東溟。□□□拱中天星,海若應欽聖主靈。霽景一□□島嶼,輕風幾陳□□庭。知君善布熙朝化,多少鮫人稽顙聽。

### 送林石來奉使冊封琉球

吾皇威德布遐邇,朔庭西極文軌同。又況中山近閩海,□長幾夕帆可通。一拳島嶼亦云小,詩書彬雅饒華風。嘗聞賜姓三十六,漸摩舊習開鴻濛。稽首聖朝貢琛玉,陪臣入覲禮法崇。冊封恩詔出中禁,妙選使者汪林充。林君奇才起蘭水,早登甲第文章雄。紫微視草參密勿,夙夜不懈心匪躬。長身玉立善占對,況□□□兼工。詔與詞臣共承命,同時賜服麒麟紅。旌節麾幢列前隊,群公祖餞傾城中。君過故鄉幾州邑,父老擁視歡兒童。天子有道海助順,波浪不揚飛巨艟。早宣王命竣厥事,歸來謁帝明光宮。

### 題趙星水抱琴看鶴圖

退食解朝紳,蕭然物外身。抱琴臨澗水,看鶴舞溪蘋。竹長鳳舒尾,松皴龍作鱗。由來經國手,端譜靜中人。

### 贈范節母鄭氏

天南有寡鵠,夜夜鳴聲哀。早歲失故雄,顧影自徘徊。哺雛風雨中,常恐志莫諧。羽翼稍已長,庶幾慰所懷。父鴛非不佳,亂匹行何乖。常愛姚家燕,單棲獨往來。盈盈桃李花,倚笑當門開。未若孤生竹,結根泰山隈。青青歲寒姿,霜雪不能□。堅逾石上柏,冷伴磵底梅。薄俗愧紛靡,貞操表崔嵬。何當告天子,爲築懷清臺。

### 壽李厚菴學士太夫人二首

蚤聞四德表閭鄉,近接徽音滿玉堂。盤饌□□□□□,羹湯時遣小姑嘗。宜家美著夭桃詠,訓子名垂棣萼章。幾許賢聲標女史,儘教彤管有餘芳。

### 其二

東征作賦笑顏開,有子聲華接鼎台。寶婺星臨當户悅,佳辰香放蚤春梅。調蘭婦潔中厨膳,奉棗人稱上壽杯。喜説新恩輝紫誥,爭看綸綍九天來。

### 送金悚存少司馬撫閩

登朝蚤歲侍明光,此日旌幢奠海疆。共識憲邦須執法,詎知經國有文章。雲霄昔忝鸞爲侶,草野今瞻繡作裳。鷗鷺尋盟吾已愜,相將擊壤樂耕桑。

### 壽謝司訓

牆東避世謝浮名,石隱丘園養性靈。門外軒車人載酒,座間□□士橫經。岐亭竹笠家家繪,洛下行窩處處停。雪柏霜筠堪結侶,少微應是老人星。

### 壽李湘北少司農瞿太夫人年母二首

金章朱紱擁華軒，繡帨光生榮戟門。剡薦早年成令子，含飴今日羨文孫。萱堂筍出加常膳，花嶼寒輕喜涉園。帝里陽和偏覺早，南枝潛已報春暄。

### 其　二

筵開燕喜錦香圍，斗野星添婺女輝。翟服未曾忘織紝，雞鳴常自解簪璣。瑤池阿母桃爲飯，姑射仙人雪是肌。此日養堂應待築，萊衣膝下總朝衣。

# 校點後記

　　《瑟園詩草》爲清代翰林學士富鴻基的詩集。富鴻基,字磐伯,福建晉江縣人。清順治十五年(一六五八)進士,選庶常,授編修,分校禮闈。歷任侍讀學士、內閣學士兼禮部侍郎。康熙十八年(一六七九)、二十一年兩知貢舉。後以病告歸,家居十年,卒,年七十二。賜葬諭祭。著有《日講四書》十六卷。

　　這次點校的《瑟園詩草》,系晉江縣文獻委員會民國三十四年(一九四五)八月抄本。其中有的詩脫漏較多,因無其他版本可參照修訂,只能保持原貌。作者長期在朝爲官,詩作多爲奉和、祝壽、抒懷等類作品,爲後世了解當時上層官宦生活和士大夫情趣提供了真實的素材,有一定的史料價值。

編　者

二〇一五年三月

# 李忠毅公遺詩

# 目　　録

## 李忠毅公遺詩 …………………………………………… 43
　閩思三首 …………………………………………… 43
　建寧道遇鄉人口占 ………………………………… 43
　朝梵音 ……………………………………………… 43
　舟中聞賊 …………………………………………… 43
　秋夜懷友 …………………………………………… 43
　師次海門，颱颶未息。撫提不諳水務，頻促出洋 …… 44
　月夜舟中即事 ……………………………………… 44
　閩洋懷春亭不遇二首 ……………………………… 44
　月夜行舟即事 ……………………………………… 44
　春日即景 …………………………………………… 44
　遊佛頂 ……………………………………………… 44
　建溪舟中 …………………………………………… 45
　冬瓜嶼風浪，寄懷陳春亭 ………………………… 45
　祈雨 ………………………………………………… 45
　橫溪舟中即景 ……………………………………… 45
　寄傅碧山 …………………………………………… 45
　登石門洞 …………………………………………… 45
　北洋舟中 …………………………………………… 45
　連日追捕，蔡匪北竄。聞與定師戰於羊山，弁兵被傷至重，因而
　　作此 ……………………………………………… 46

舟行 …………………………………………………… 46

寄懷從弟溫人輩 …………………………………… 46

哭陳春亭 …………………………………………… 46

漁期正屆，風雨未息，心切不安 ………………… 47

次韻奉酬阮芸臺撫軍二首 ………………………… 47

普陀朝梵音洞 ……………………………………… 47

將赴水師提任，留別定海同事 …………………… 47

詩扇贈陳春亭 ……………………………………… 47

寄江洲 ……………………………………………… 48

僧菴與超塵叙話有懷 ……………………………… 48

哭春亭 ……………………………………………… 48

偶成 ………………………………………………… 48

有感 ………………………………………………… 48

答溫人從弟 ………………………………………… 48

中秋節，宋明府邀同蔭山參軍、絜齋孝廉同遊五奎四首 … 49

盜匪北來，予方督師出洋追捕。偶逢雨阻，以致聞風南竄。空勞
　　往返，詩以誌事 ……………………………… 49

余早遭手足之痛，孤身獨立。每當風晨月夕，思慕不置。夜來孤
　　雁聲悲，觸景傷懷，爰賦二首，用誌悲感 …… 49

舟中憶及家鄉子魚甚美，不能學張季鷹之思蓴鱸 … 50

讀書堂 ……………………………………………… 50

覽鏡 ………………………………………………… 50

擒盜夜歸，風雨紀事，呈胡四兄 ………………… 50

思鄉 ………………………………………………… 50

勵衆二首 …………………………………………… 50

思歸 ………………………………………………… 50

| | |
|---|---|
| 春雨聯綿 | 50 |
| 舟中寄懷蔭山，疊僧菴原韻 | 51 |
| 攻盜紀事 | 51 |
| 對鏡 | 51 |
| 寄葉奕修 | 51 |
| 連日狂風，未得追獲 | 51 |
| 十五夜舟中對月 | 51 |
| 有謂予如獲蔡牽，必膺異數，作此答之 | 51 |
| 步蔭山見懷原韻 | 52 |
| 奉命統領兩省舟師嚴拏蔡牽，不必勒限。恭賦一律誌感 | 52 |
| 偶成 | 52 |
| 步蔭山見懷原韻 | 52 |
| 贈鑑亭赴平海參軍任 | 53 |
| 阻風 | 53 |
| 有懷 | 53 |
| 奕修世兄來晤 | 53 |
| 舟中偶成 | 53 |
| 哭陳春亭參軍五古十二韻 | 53 |
| 重至樂清寓協署有懷二首 | 54 |
| 示兒 | 54 |
| 哭驥兒 | 54 |
| 口占贈定海令宋仁圃 | 54 |
| 舟中別江洲 | 54 |
| 夏雨兼旬田苗被淹 | 54 |
| 戲成 | 54 |
| 制勝無方，空勞歲月，詩以誌嘆 | 55 |

連夜追剿，勖諸同事 …………………………………………… 55

洲仔尾大捷紀事 ………………………………………………… 55

秋夜舟中即事 …………………………………………………… 55

盡山被風，隨師漂散。懷愁不堪，率成一截 ………………… 55

風災後，羅鎮軍不知下落，誌嘆三首 ………………………… 55

舟中有懷，次陳江洲、周企程二首 …………………………… 56

  蔡牽竄入鹿耳門，勾連臺匪攻城滋擾，僅有舟師二千五百人把守
  招門。是時勢當用衆水陸分投擊殺，方克成功，而陸兵未調，
  只以空文虛張聲勢，又令水師分兵赴陸應援，坐失事機。詩以
  誌之二首 …………………………………………………… 56

蔡逆逃出鹿耳門，外議紛紛，在軍諸將多有不平，作此示意二首 …… 56

鹿耳門歲暮有懷 ………………………………………………… 57

蔡逆未擒，責重才疎，愁腸難解，作此呈諸同事 …………… 57

舟中同何九、謝二作別，以予病傷時，各有贈言，率成七律一章
  代謝 ………………………………………………………… 57

八月十六日漁山攻捕，予與蔡逆並船大戰二時，傷斃賊匪數百，
  予身受六傷。隨師鎮將不能相機擒渠，失此機會，大爲可惜，
  詩以誌之 …………………………………………………… 57

恭讀九月初六日諭旨，感激涕零，令人思死圖報，而清公知己之感，
  亦不能忘。恭賦二章，以誌不朽 ……………………… 57

除夕夜，舟中有懷寄内子二首 ………………………………… 58

粵洋偶成 ………………………………………………………… 58

阻風二首 ………………………………………………………… 58

讀張船山太史詩，寄此奉懷 …………………………………… 58

船山太史四十初度見示新詩，次韻奉和 ……………………… 58

示弁兵二首 ……………………………………………………… 59

| | |
|---|---|
| 勖將二首 | 59 |
| 盜賊 | 59 |
| 粵海風霧迷濛，兼旬不能移師，作此遣懷 | 59 |
| 渠魁未縛，衰態日形，詩以誌嘆 | 59 |
| 舟中感懷 | 59 |
| 哭藍都督 | 60 |
| 舟過蛟門感懷有作 | 60 |
| 舟中示二兒 | 60 |
| 出洋雜作 | 60 |
| 重陽傷別示兒 | 60 |
| 舟中雜作 | 60 |
| 出洋雜作 | 60 |
| 寄示二兒二首 | 61 |
| 呈張錦堤親家 | 61 |
| 寄內 | 61 |
| 中秋夜，歸途口占一絕 | 61 |
| 寄示次兒廷鈺 | 61 |
| 舟中 | 61 |
| 署中牡丹、月桂二花，最爲茂盛。夏初開放，極妍。余回已在仲夏，不及玩味。兹值中秋，不及玩賞，因而有感偶成一絕 | 62 |
| 題畫八首 | 62 |

## 附錄一 …… 63

### 題詞 …… 63

用冊中步蔭山見懷韻 …… 63

調寄滿江紅 …… 66

### 題跋 …… 68

## 附錄二 ………………………………………………………… 71
### 遺稿 ……………………………………………………… 71
#### 重修寧波府學記 …………………………………… 71
## 附錄三 ………………………………………………………… 72
### 國朝詩人徵略 …………………………………………… 72
#### 李長庚傳 …………………………………………… 72

## 校點後記 ……………………………………………………… 75

# 李忠毅公遺詩

### 閨　思三首

閨中指已屈，爲我計歸程。不料因風阻，徒勞遠繫情。

### 其　　二

老妻接素書，未覽色先喜。既釋遠人心，又知官爵起。

### 其　　三

分攜方半載，離緒每縈懷。兩地賦同心，都嫌入夢乖。

### 建寧道遇鄉人口占

曲曲灣灣水，重重疊疊灘。煩君歸故里，爲報我平安。

### 朝　梵　音

南海昭靈異，梵音著績先。片雲颺嶺上，薄霧隱階前。地僻千山渺，巖幽萬壑連。許多無行輩，到此發心田。

### 舟　中　聞　賊

久滯波濤倦，萑苻信乍傳。雄旗飄碧海，犀甲耀蒼天。赳赳貔貅壯，桓桓戰艦堅。潛師今夜出，紀績看當先。

### 秋　夜　懷　友

離緒托誰寄，別愁只自知。那堪異鄉夜，兼憶故人時。酒醒霜初落，天寒月已移。此心懷百慮，如醉又如癡。

師次海門，颱颶未息。撫提不諳水務，頻促出洋

極目椒江水，粘天雪浪飄。征帆如可渡，何事苦相邀？

### 月夜舟中即事

欸乃河中檝，輕移月夜舟。得魚思斗酒，有婦遠難謀。

### 閩洋懷春亭不遇二首

重來尋舊夢，爲訴一年愁。遙問長安客，相思似我不？屈指長安路，歸來夏盡期。海南波未息，恰好建功時。

### 其　二

問訊長安客，冲霄何所之？鴻恩酬偉績，絳節擁旌旗。既遂丈夫志，應教四海知。成功如有日，異數更奚疑？

### 月夜行舟即事

輕欸河中棹，逍遥放夜舟。微風摇柳岸，凉月滿江頭。漁火明還滅，雲烟散復浮。扣舷歌赤壁，天地一蜉蝣。

### 春日即景

漫步村前路，春融淑氣生。雲開山色翠，風静水波平。岸畔桃花綻，堤邊柳絮輕。歸途日已晚，林際忽鐘聲。

### 遊佛頂

仄徑穿幽谷，縈紆鳥道同。當前如峭壁，翹首即蒼穹。一步一回顧，隨灣隨曲通。方登菩薩頂，頓覺俗塵空。展禮瞻莊像，焚香訴隱衷。普陀稱勝地，創始亦神功。

### 建溪舟中

昨夜祝溪頭,風搖浪擊舟。不知何處雨,春潤竟添流。

### 冬瓜嶼風浪,寄懷陳春亭

昨宵風雨阻,浪蕩一孤舟。爲問衝濤客,可能安穩不?

### 祈　雨

四野如焚久,三農望已違。商羊方欲舞,石燕又爭飛。聚艾求神感,環茅麥已非。倒懸如可解,霖雨早霏霏。

### 橫溪舟中即景

咫尺塵氛隔,幽居鳥雀喧。蒼松列絕巘,翠柏勢參天。水曲舟行滯,戈橫人欲顛。一番清意趣,隨處樂陶然。

### 寄傅碧山

分携方十日,離緒似三秋。法古君知益,趨時我未求。逢人傾腹吐,遇事逞機謀。只此皆吾過,如何釋隱憂?

### 登石門洞

溜急舟行滯,灘高縴步遲。千峰環古洞,一水注天池。地秉山川異,泉成瀑布奇。箇中真意趣,可有幾人知?

### 北洋舟中

風霧阻孤舟,征帆去未由。軍糧只七日,繡纘未曾周。盜跡知無定,狂濤刮不休。當此苦寒際,難爲北海遊。願借鯤鵬翅,飛斬蔡牽頭。免茲年歲暮,還作水中鷗。

### 連日追捕，蔡匪北竄。聞與定師戰於羊山，弁兵被傷至重，因而作此

征帆無順逆，逐浪似輕鷗。盜匪東西竄，雄師曉夜搜。相逢嫌落日，抱恨對孤舟。聞說羊山戰，吾心惻惻憂。

### 舟　行

浩渺烟波裏，難爲一樣先。風潮分順逆，遲速判冰淵。咫尺天涯遠，天涯咫尺前。人言未敢信，身歷始云然。

### 寄懷從弟溫人輩

揖別幾經年，流光如丸轉。思慕一何深，無從道悃款。往來執訊稀，尺素通情罕。憶昔諸棣萼，同堂交相勉。何期各分飛，雁行忽中斷。興言每及此，潸潸淚老眼。嗟予不孝軀，豈復能追遠？浮名雖以成，負疚懷難遣。顧影獨抱慼，霜鬢兩邊滿。自歎日衰庸，益覺精神短。回首望故鄉，晨昏共繾綣。爲問諸猶子，誰能驥足展？

### 哭陳春亭

嶺表知名將，君才迥出群。九原成幻夢，二老泣幽墳。春亭有兩代老親。臨難情何慘，捐軀志獨殷。此心懷故舊，淚眼日紛紛。

嘗讀公遺稿《致書陳參軍》，大略謂兵船在洋，既患口粮不給，又慮檄調頻仍，且有兵單之苦，所以徒勞無功。來書以閩洋船少盜多爲憂，此不易之論。兵船須合幫方資擒捕，但當事者懼事權不專，或在洋鎮將自爲爾。我薄有聲名，亟宜乘此奮勵仰酬國恩。惟事不遂意，權力不能有，爲是可歎耳。今若不振作，遇盜一追了事，亦何益於海疆。嗟乎！此見公之捕盜事勢粵

夆,而陳參軍爲能與公同心戮力者也。參軍諱名魁,漳州人,嘉慶年間以舟師攻盜遇害。時有總兵胡公振聲、羅公江泰,亦公部下名將,先後歿於王事云。道光四年,歲在甲申孟秋,朔日春明寓齋,暑雨初晴。晉江許邦光謹注。

### 漁期正屆,風雨未息,心切不安

風雨連天作,漁翁舉網難。千檣環海岸,萬頃湧波瀾。未聽魚聲喚,先聞水勢潺。怒濤如不息,無自免饑寒。

### 次韻奉酬阮芸臺撫軍二首

文章高映斗牛虛,絳節重臨護象胥。幃幄森嚴三尺法,指揮妙合六韜書。不嫌樗櫟加丹漆,着意箴規滅釜魚。漫許胸中有兵甲,運籌未稱待何如?

### 其 二

開府推心若谷虛,要將民物納華胥。風清海外寒奸蠹,令肅軍中畏簡書。報國自應親矢石,酬恩未盡掃鯨魚。疎庸何幸叨青眼,媲美前賢媿不如。

### 普陀朝梵音洞

南海名山夙所欽,梵音瞻現鑒私忱。當年只道神機渺,今日方知佛力深。五蘊皆空觀自在,六根清凈識多心。精誠到處天還格,豈有慈悲不可尋?

### 將赴水師提任,留別定海同事

三載謬參閫外謀,媿無奇策壯邊郵。安瀾未慶虛威望,捧檄頻添報國羞。島上威名須共勵,軍中妙略要諮諏。丁寧好把烽煙靜,麟閣功勳努力求。

### 詩扇贈陳春亭

雄才偉略擅干城,儒將威名學已成。月映征帆吹畫角,風翻雪浪耀刀兵。猖狂鬼蜮殲無數,重疊勛勞頌有聲。指日摧兇澄海國,建牙開府樂昇平。

## 寄江洲

擬將別緒寄書頻，可奈重洋莫問津。一事纏心惟報國，半生籌海枉勞神。征帆拍浪酬恩日，瘦骨迎風恨病身。猶幸老人眠食好，尚能努力掃氛塵。

## 僧菴與超塵叙話有懷

扁舟一葉渡橫流，幾住僧菴問比丘。入世休嫌塵世累，出家難免俗家愁。人須閱歷才方好，事必經營識始優。自笑百年斯過半，茫茫苦海度春秋。

放翁詩云：腐儒至老恥依僧，其志固別有所在。公亦猶此志也。然佛所云布施，云捨身者，莫大於此。彼習小乘者，惡乎知之？顧蕊呵凍拜注。

## 哭春亭

共事風濤已十秋，每從危險見忠謀。旌旆移向南天去，魚雁常通北地郵。正喜海邦添砥柱，何期島外殞孤舟。邪氛未靜身先喪，長使知交淚不休。

## 偶　成

賊匪北來，兵船反向南去。勸令進兵，致有後言。自云不愧天，不怕（怍）人，因而有作。

羽書日日促歸舟，爲報邪氛又北投。宛轉箴規猶有恨，危言聳聽更含羞。往來如入無人境，焚掠何勞主將憂。似此存心稱不忝，論功應得是封侯。

## 有　感

兵船追捕，不行盡力。外議紛紜，令人齒冷。

海外烽烟久未收，幾回督緝駐翁洲。賊氛勢大仍趨避，衆志方張值洗舟。到處常因風浪阻，閒來偏喜逞機謀。莫言醜類終當去，不戰如何事得休？

自古妒功僨事者，罪浮於賊。觀公《偶成》及此作，爲之慨然。顧蕊注。

## 答溫人從弟

千里傳來字字新，開緘點點看書頻。一籌莫展空垂淚，沒齒難消痛恨身。

寵錫雖尊官吏貌,控遷無奈子孫親。他年若得歸鄉井,羞作墳前祭掃人。

### 中秋節,宋明府邀同蔭山參軍、絜齋孝廉同遊五奎四首

潮平如鏡映芳洲,水態山容一望幽。佳節每逢添客思,五奎頂上度中秋。

### 其　　二

五奎絕頂綺筵開,主客相將駕舶來。月到中庭秋正半,一齊同上駐兵臺。

### 其　　三

未慶安瀾却自憂,登臺無語更含羞。漫言滄海烽烟靜,何事翁山此度遊?

### 其　　四

歸途明月尚西留,潮退難行攏岸舟。最喜諸君能解趣,別尋小艇過沙洲。

### 盜匪北來,予方督師出洋追捕。偶逢雨阻,以致聞風南竄。空勞往返,詩以誌事

海捕談何易,滄溟渺可知。風翻千尺浪,雨阻一篷遲。畫角連天起,邪氛曉夜馳。空勞師往返,未得獻俘期。

### 余早遭手足之痛,孤身獨立。每當風晨月夕,思慕不置。夜來孤雁聲悲,觸景傷懷,爰賦二首,用誌悲感

海外孤鴻痛失群,晚來孤苦守黃昏。欲歸故國山千里,長伴天邊月一輪。顧影不堪懷鴈陣,聞聲更覺憶篪壎。也知塵世多離合,依舊淒凉到十分。念爾隻身逢歲暮,虧他兩鬢盡霜痕。可憐韻杳音難續,猶自傷心喚弟昆。

### 其　　二

飛鴻海外喚連宵,回首雲山萬里遙。想爲斷行悲故切,人間似爾豈寥寥?

　　觀閨思諸作及此首,知公鍾情於骨肉者深矣。今之舍根本而談仁義道德者,其可信乎? 顧蕊注。

### 舟中憶及家鄉子魚甚美，不能學張季鷹之思蓴鱸

忽忽秋風起，蓴鱸此際佳。海洋長作客，所噉盡魚蝦。

### 讀書堂

尊崇朱子像，羅列聖賢箴。學問資師友，淵源深不深。

### 覽鏡

烏兔因何事，相將曉夜馳。吾生由汝轉，轉出滿頭絲。

### 擒盜夜歸，風雨紀事，呈胡四兄

捕罷歸來晚，扁舟任所之。狂風吹冷面，驟雨濕旌旗。浪蹴雷聲響，身隨電影馳。此番危險處，惟我與君知。

### 思鄉

不覺鄉情動，難爲慰此衷。故園今已蕪，薄產早虛空。涉世恨形役，歸心慎始終。置身名利外，絕口不言功。

### 勵衆二首

戰□守餉莫相猜，自命當爲樑棟材。百尺高樓由地起，眼前將帥此中來。

### 其二

一領號衣着在身，當思努力掃氛塵。公侯伯子多由此，有志便爲人上人。

### 思歸

淅淅西風起，蓴鱸此際肥。海洋波未息，遲我一年歸。

### 春雨聯綿

欲賦春愁句未成，廉纖屐齒一聲聲。雨窗坐對春寒夜，何日能教眼界清？

### 舟中寄懷蔭山，叠僧菴原韻

健帆鎮日泛中流，薄暮停橈傍海丘。制勝無奇風汐苦，受恩未報腹心愁。威名顧我才難稱，進退惟君識最優。武備文章相砥礪，休教辜負□春秋。

### 攻盜紀事

頻年竟以海爲家，欲掃么氛遍水涯。堪笑豚威來咋虎，可憐螳臂敢當車。雄師奮擊身先到，衆將摧鋒勇倍加。一戰已教賊膽落，更須乘勝滅群邪。

### 對鏡

輕舟一葉久相親，海上烽烟羈此身。問我頭顱因甚白，風濤萬頃往來頻。

### 寄葉奕修

離緒難于寄，懸懷獨此心。故人三載別，歸望一宵沉。毀譽隨時俗，炎涼視古今。秋風應有待，剪燭復聯吟。

### 連日狂風，未得追獲

颶風忽忽阻行舟，極目粘天雪浪浮。卧聽殘更消永夜，悶持一卷破長愁。威名敢望追前哲，庸昧終難克壯猷。虔叩波神垂默佑，相逢勿復鼓狂流。

### 十五夜舟中對月

全無雲氣耀虛空，萬頃波平一眺中。只許對君傾珀盞，未能容我到蟾宮。孤篷隱映昭昭夜，滿眼清光習習風。爲屬靈雞休唱徹，防他喚出海東紅。

### 有謂予如獲蔡牽，必膺異數，作此答之

年來頗厭風濤苦，耐冷忘饑漸不支。毀譽紛紛隨世俗，行藏了了聽推移。

眼前事業猶難定，身後浮名那敢期？自顧畢生虛報稱，撫心未合起貪癡。

　　赤心報主，不計利鈍，直有鞠躬盡瘁死而後已之意，豈僅以將略稱哉？顧蒓注。

### 步蔭山見懷原韻

海寇由來患最深，屢經狂竄未成擒。難容狡兔藏三窟，却藉貔貅共一心。媿我無才虛歲月，知君着力在儒林。奉懷句拙憑誰寄，借樹詩鈔仔細吟。

### 奉命統領兩省舟師嚴拏蔡牽，不必勒限。恭賦一律誌感

君恩浩蕩總無偏，閫外官軍倍悚然。將將將兵歸勝算，擒渠揸賊灼機先。因寬嚴限精神奮，爲稔洪濤體恤全。祗恐悴躬難報國，敢勞宵旰顧南天。

　　公之追蔡牽黑水洋也，幾獲牽。以總統檄招閩帥某，然逗撓不進，用此絕援被害。蓋公麾下諸校如胡、羅二鎮及陳參軍之不惜死者，亦罕矣。其後魚山之役，公族子增階隸邱帥部下，首奮追擊牽，沈其船。尋以舟爲賊火轟裂，墜海凫水，髣髴見有雙燈先引，呼其名，而挈之以出者，乃公也。邱、王二帥先後至，遂以成功。烏虖！豈非公之忠魂實默助於冥冥中，而終能殲逆賊報國恩也哉！甲申秋閏，許邦光附記。

### 偶　　成

勞攘塵寰夢未清，每於靜處看分明。天如無意寧邊海，世亦徒然動甲兵。逐寇屢經千里浪，酬恩務盡一心誠。汪洋茫渺歸何日，歲月蹉跎媿此生。

### 步蔭山見懷原韻

萬頃奔馳險，狂濤曉夜加。海洋長作客，舟楫竟爲家。索句同吞蠟，思鄉類嗜痂。渠魁如獻馘，定駕訪君車。

### 贈鑑亭赴平海參軍任

惜別傷離語不休,相期努力建勳猷。閩洋逆醜關情極,粵海軍聲着意收。捧檄時添遊子淚,趨庭日少老親愁。丁寧此後無多囑,聖主恩同雨露週。

### 阻　　風

奮飛無翼強徘徊,急雨淒風曉夜摧。幾度尋詩還擱筆,不堪愁緒一齊來。

### 有　　懷

萬頃風濤日往來,平生碌碌水雲隈。鬢因狂浪翻成雪,心爲浮名化作灰。宦海升沉同泡影,人間事業似輕埃。也知涉世真如夢,只爲君恩撇不開。

### 奕修世兄來晤

崇洋重聚首,相與遣離愁。戎務捕方急,交情久益周。酒因知己醉,貧爲故人憂。慷慨思投贈,空囊只自羞。

### 舟中偶成將怯,兵單,民多無行,捕務良難,可慨也。

極目烽烟一望賒,南洋醜類竟如麻。兵單猶得資陳力,將怯誰能爲衆誇?語恐傷時常檢點,才非治世每咨嗟。可憐沿海諸村落,盡作犯科罔法家。

### 哭陳春亭參軍五古十二韻

一死報君恩,君才惜未展。哀哉兩代親,淚滴陳江滿。視同掌上珠,愛比珊瑚管。教訓喜成名,忠孝日相勉。自從涉風濤,誓把妖氛剪。輿論將材推,聲名震邊遠。遭際亦不虛,所恨命途蹇。廿載負勤勞,官階始兩轉。殺賊竟如麻,身死名亦顯。爲念戢狂瀾,真誠見危險。南望弔孤忠,慟申情欸。

### 重至樂清寓協署有懷二首

昔年待罪此間來,榆柳紛披手自栽。更有一番癡想處,欲將舊署作行臺。

### 其　二

依然風景故人無,雙桂庭前月影孤。猶憶當時承父命,莫貪莫鄙莫糊塗。

### 示　兒

娶妻遣汝返家門,勤侍祖翁早共昏。忠厚待人休自恃,學些孝悌作兒孫。

### 哭驥兒

恍惚猶如在膝前,呼兒名字始淒然。雙垂淚眼悲秋盡,老態何人慰暮年?

### 口占贈定海令宋仁圃

山比高風水比清,賢侯善政可勝評。翁州五載甘棠茂,遺愛應傳萬古名。

### 舟中別江洲

昨宵正喜話江頭,今日分馳兩地舟。南北遙舒翁壻目,征篷滿載盡離愁。

### 夏雨兼旬田苗被淹

夏來陰雨多,曲徑蒼苔滿。乘興欲出門,可恨泥塗蹇。青蒿長似人,修竹茂成苑。

### 戲　成

富貴本浮雲,去來任自適。揮之不肯去,求之不可得。茫茫世上人,鹿鹿無休息。或爲風濤苦,或爲車塵役。何如安造化,枉自費心力。所以古達民,不作名利客。神仙少定蹤,難望亦難即。

### 制勝無方，空勞歲月，詩以誌嘆

曉夜風濤席未安，汪洋浩渺一身單。妖氛滋蔓披猖易，瀚海綿延控制難。衆將連舟堪破賊，元兇狡計竄狂瀾。可憐巨浪三千尺，苦我疎庸力已殫。

### 連夜追剿，勖諸同事

漫天星斗映旌旗，逐寇征帆楫浪馳。已覺么麽驚膽落，奈何衆將反狐疑？事機錯過真堪悔，軍紀森嚴豈可欺？尚冀和衷同報國，休教小醜亂紛披。

### 洲仔尾大捷紀事

黑海狂濤老病身，強支瘦骨竭精神。雄舟困賊招門內，戰士橫戈洲尾津。烈焰冲霄風勢急，盜踪着火哭聲頻。尸填巨港妖氛靖，血染征衣銳氣伸。小醜聞聲驚破膽，將軍威望振東鄰。師行從此應無敵，國法難容作亂人。

### 秋夜舟中即事

重洋忘歲序，寒至始知秋。骨瘦迎風苦，衣單入夜愁。有山皆識面，無海不行舟。歷碌雄心退，衰年憶壯遊。

### 盡山被風，隨師漂散。懷愁不堪，率成一截

怒濤聲撼海天秋，此地風狂更可憂。不信盡山潮汐異，果然西水反東流。

### 風災後，羅鎮軍不知下落，誌嘆三首

怒濤不測事堪虞，祇恐相逢此世無。爲念堂前雙白髮，家貧子幼口難糊。

#### 其 二
一痛難申故舊情，傷心未忍說分明。漫言已是千秋別，猶望歸從萬里程。

#### 其 三
狂浪驚難測，愁懷遣不開。天教兵勢散，風折將材來。束手全無策，浮生盡

可哀。望洋空浩嘆，知己幾時回？

### 舟中有懷，次陳江洲、周企程二首

日泛汪洋萬里船，此身端爲掃氛延。半生馳逐慚虛度，百戰風濤憶壯年。捍海未諳籌海略，問心誰許放心眠。軍符絡繹應須到，東望臺陽倍黯然。

### 其二

波恬浪靖縱師船，何物妖氛竟蔓延？涉險有誰能共命，讀書無日悔當年。風濤歷碌心如醉，氣血消磨夜不眠。海上機宜隨處有，要他臨局莫茫然。

### 蔡牽竄入鹿耳門，勾連臺匪攻城滋擾，僅有舟師二千五百人把守招門。是時勢當用衆水陸分投擊殺，方克成功，而陸兵未調，只以空文虛張聲勢，又令水師分兵赴陸應援，坐失事機。詩以誌之二首

渤海烽烟苦未收，又從島外逞奸謀。行師不避風濤險，討賊無容衆寡籌。徧地櫈槍新鬼哭，孤城兵火故人愁。臺陽最是關桑梓，沿海安危及早求。

### 其二

側身東望亂烟浮，臺地蒼生苦未休。海外□風成虎豹，眼前鬼魅盡戈矛。事關得失謀宜定，兵貴萬全力要周。莫道舟師堪破賊，數帆只在水中流。

### 蔡逆逃出鹿耳門，外議紛紛，在軍諸將多有不平，作此示意二首

功過分明路上碑，何須口舌亂支離。事雖目擊猶難定，語是風傳最可疑。渤海波濤原不測，人間禍福豈能知？此生總被虛名誤，説到虛名悔也遲。

### 其二

鹿耳門邊逐匪船，強支病體欲争先。公侯骨相原無我，渤海風濤却有年。

世路崎嶇曾閱歷,人情冷煖想當然。招喉水漲渠魁遁,那箇官兵肯向前？

### 鹿耳門歲暮有懷

形役徧滄海,殘年感歲華。臺城兵火亂,鹿耳砲聲奢。萬緒攢心曲,孤舟泊水涯。狂濤翻日落,瘦骨逐風斜。久病精神短,窮愁旦夕加。不才徒闖外,竟以海爲家。

### 蔡逆未擒,責重才疎,愁腸難解,作此呈諸同事

衰病殘年強自支,長洋淼淼戴星馳。渠魁未滅恩多負,壯志銷磨事可知。報國有心愁計拙,封侯無命笑情癡。眼前醜類猖狂極,不世勳名正此時。

### 舟中同何九、謝二作別,以予病傷時,<br>各有贈言,率成七律一章代謝

渺渺狂濤戰艦開,匆匆贈別感多才。長洋逆醜知何處,瀚海風波亦可哀。語易傷時防口失,心難似我致人猜。臨歧不忍重回首,尚望音書次第裁。

### 八月十六日漁山攻捕,予與蔡逆並船大戰二時,<br>傷斃賊匪數百,予身受六傷。隨師鎮將不能<br>相機擒渠,失此機會,大爲可惜,詩以誌之

功過分明口是碑,如山號令總難移。空言馬革還尸日,不見征衣染血時。論戰有人同性命,摧鋒獨我履危機。相期戮力張天討,誓斬元兇作寢皮。

### 恭讀九月初六日諭旨,感激涕零,令人思死圖報,<br>而清公知己之感,亦不能忘。恭賦二章,以誌不朽

天語煌煌感且驚,水師有過李長庚。上諭有"試問水師有過李長庚者乎？"烽烟未靖勞宵旰,臣職難伸負聖明。海外妖氛齊渙散,軍前裨將盡歡騰。不才自愧非

良將,上諭有"朕豈不自失良將耶"。辜報君恩懼此生。

### 其　二

忽地風波亦太奇,全憑忠信任飄馳。是非到底終須定,禍福分明豈可欺？入世有心圖報國,除奸無日媿相知。眼前榮辱都休論,浩蕩天恩感不支。

### 除夕夜,舟中有懷寄內子二首

汪洋歷碌事多乖,歲月蹉跎鬢已華。識力總因思慮減,雄心每為折磨差。長洋夜靜鳴刁斗,戰艦風和聽鼓笳。寄語閨門休念我,捷書一奏便歸家。

### 其　二

自從滄海掃群邪,歲歲奔馳報尚賒。七事累君真可嘆,一官似我亦堪嗟。風波已定愁應少,身世無虧福便加。萬頃狂濤除夕夜,六年五度未歸家。

### 粵洋偶成

六十年如夢,狂濤伴此生。有心圖報國,無意博虛名。任大才偏小,氛多責反輕。不知滄海上,何日息刀兵？

### 阻風二首

粘天雪浪阻師舟,無計能消報國愁。每上船頭舒眼望,飄搖星斗幾時休？

### 其　二

汪波歷碌幾經秋,名望誰稱第一流？海上人材何處好,軍前韜略竟誰優？渠魁踪跡知無定,將弁勛勞苦未收。萬事關心惟討賊,却嫌風浪不曾休。

### 讀張船山太史詩,寄此奉懷

華國文章迥出塵,行空天馬有誰倫？眉山遠紹風徽古,鼇禁爭傳結構新。好句環生清到骨,筆花怒發艷於春。閒來屈指諸名士,才望如君得幾人？

### 船山太史四十初度見示新詩,次韻奉和

西川才子正芳年,綠鬢風流意灑然。學海文章瀛海客,詩家□□酒家仙。

錦袍燦爛承恩重,萊舞婆娑愛福偏。何日相逢重贈句,頻將良晤卜金錢。

### 示弁兵二首

同舟切莫論尊卑,富貴當如卒伍時。侯伯根苗休自棄,英雄無種汝須知。

### 其　　二

授才深淺亦前因,甘苦常思與衆親。立志總須爲世用,休教暴棄誤斯身。

### 勖　將二首

戰艦貔貅勇且堅,諸君莫錯此機緣。乘時自勵英雄志,紀績須知是最先。

### 其　　二

酬恩幸莫託空言,勇敢當爲衆將先。功過分明須記取,軍前法紀總無偏。

### 盜　　賊

爲非作惡一般身,何不改途效好人?攘劫誰能逃性命,休教臨死悔前因。

### 粵海風霧迷濛,兼旬不能移師,作此遣懷

風雨經旬合,舟師泊水湄。奇峰終日閉,濃霧滿天施。進退全無策,東西靡所之。望洋空浩嘆,愁緒竟誰知?

### 渠魁未縛,衰態日形,詩以誌嘆

追逃曉夜駕師船,陷陣身爲士卒先。海上談兵愁白髮,軍前克敵喜青年。形容顦顇精神散,心血消磨老病纏。南北風波都閱盡,獻俘無日但呼天。

### 舟　中　感　懷

年來馳逐徧滄瀛,制勝無方累死生。幾度談兵羞將略,未嘗學問忝科名。投林倦鳥歸宜亟,繞磨疲驢儘亦征。自顧不才空戮力,船窗終日苦經營。

### 哭藍都督

數遍歸帆不見君，愁腸終日竟如焚。傳來凶信還疑夢，説到沉舟豈忍聞？臨難捨生酧聖主，受恩無命哭將軍。漁山島外傷心處，時有忠魂戮海氛。

### 舟過蛟門感懷有作

篷窗黯黯一燈搖，風雨征帆嘆寂寥。霖霖細流驚幻夢，咿啞蘭櫓劈寒潮。蛟川門外洪波濺，虎嶼山前巨艦飄。今日提軍重過此，不堪往事念終朝。去歲八月，追剿蔡牽，舟過蛟門，隨師各船被浪衝擊，漂擱虎嶼，壞却巨艦二號。今日過此，爲之愴神。

### 舟中示二兒

暫時相聚復相離，膝下承歡慰母慈。可記阿爺臨別語，讀書一事要深維。

### 出洋雜作

纔完案牘便登舟，水陸馳驅日不休。老至始知官是累，恩多只恐力難周。廿年瀚海心原苦，百戰中流志未酬。自顧疎庸虛歲月，形容憔悴不勝愁。

### 重陽傷別示兒

一門三處度重陽，且自消愁莫嘆傷。經濟文章須努力，休教離索繫心腸。

### 舟中雜作

記從瀚海泛輕舟，彈指光陰二十秋。鎮日相逢無別事，狂濤巨砲與戈矛。

### 出洋雜作

歸來仍作客，異地亦還鄉。宦閣三年別，風濤儘日忙。憂深臣責重，才拙聖恩長。欲報知何日，重洋又一場。

### 寄示二兒二首

父書未讀我知媿,繼起書香汝責深。嫻熟文章工課畢,從容討論要虛心。

### 其　二

尚有縹緗富,休嫌宦橐窮。暇時須展閱,莫飽蠹書蟲。

### 呈張錦堤親家

乘風擊破浙江濤,逐隊舟師氣象豪。島外么麼齊膽落,軍前將士喜聲高。海天歷鹿慙虛度,歲月栖遲枉殫勞。顧我不才空抱負,擒渠端藉許同袍。

### 寄　內

閒將數字寄夫人,海外風霜昔所親。祇爲邪氛除未了,故停行邁住江濱。

### 中秋夜,歸途口占一絕

歸途明月已西投,潮退難行岸上舟。最喜諸君能解趣,早移芳躅到沙洲。

### 寄示次兒廷鈺

年來頗覺風濤苦,寄語吾兒要讀書。文武雖然同報國,荷戈總說是征夫。

　　聞忠毅公年十七時,其先贈公於課讀之暇,令習騎射。就試鄉會闈,俱雋,非其素志也。今觀此詩,惓惓以讀書爲念,而平生宦蹟所著,修學校、獎人材爲多。公之報國,蓋武達而兼文通。已哲嗣廷鈺襲公之爵,承公之志,留心翰墨,博雅愛古,想見文采風流,於今尚存,而公爲不死也。甲申穀日,許邦光又識。

### 舟　中

一從水宿學輕鷗,翰墨都教赴逝流。戈甲有威堪羽翼,詩書無意托孤舟。

虛江已奏平倭績,靖海曾成滅寇猷。自媿不才膺閫外,未能繼躓總貽羞。

> 署中牡丹、月桂二花,最爲茂盛。
> 夏初開放,極妍。余回已在仲夏,不及玩味。
> 茲值中秋,不及玩賞,因而有感偶成一絕

牡丹開放夏初時,偏我歸帆日已遲。雙桂庭前花正發,看來又恐是愆期。

## 題　畫八首

### 見客懶着衣冠
雨笠烟簑老此身,却因疎懶見天真。客來不着衣冠見,同是白雲深處人。

### 客至汲水烹茶
雙屐青痕印石苔,前山客到草堂開。呼童好煮新茶待,汲取溪頭活水來。

### 開甕忽逢陶、謝
梨花香撲甕頭新,草舍歡逢客到頻。康樂風流元亮酒,一樽共醉六朝春。

### 乞得名花盛開
名園乞得一欄花,幾許幽香透碧紗。昨夜不須催羯鼓,春風開遍野人家。

### 雨後登樓看山
葛衫風透冷于秋,正好前溪雨乍收。四面嵐光青一色,斜陽獨上看山樓。

### 花塢樽前微笑
傍曉晴窗面面開,春風花塢幾徘徊。問君底事微含笑,爲愛中山紅友來。

### 柳陰堤畔閒行
日暖鶯聲到處聞,柳陰匝地綠紛紛。不須陶令門前過,那識春光好十分?

### 隔江野寺聞鐘
何處參禪悟果因,沉沉蕭寺斷紅塵。月明隔岸疎鐘響,驚醒江湖夢裏人。

# 附録一

## 題　　詞

顧　蒓 <small>南雅</small>

如公忠孝全，乃得風雅正。何必以詩名，將軍賦競病。"將軍競病自詩名"東坡句也。

### 用册中步蔭山見懷韻

吳嵩梁 <small>蘭雪</small>

聖恩如海感逾深，百戰威名賊屢擒。早令孫盧俱破膽，難求韓富與同心。弓刀舊部今雄鎮，裘帶家風又羽林。想見月明横槊夜，魚龍跋浪聽高吟。舊部謂許公松年、王公得禄也。

　　詩凡二十七首，壯烈伯李忠毅公所自書也。公之大節，具在史傳。嗣子廷鈺既恭繕御祭文及諸公銘誄哀輓之作，爲《褒忠録》徵余題詞，復以此册屬識其端。余與廷鈺爲兄弟交，義不敢辭。公之統師於浙也，巡撫爲今粵督阮公雲臺，專以剿海寇事屬公，《琅嬛仙館集》中有《贈李西巖總鎮》詩，西巖，公别字也。余讀公和什，輒慨然想見其人。今獲觀公手書，悲敬交集。使同時執政者，皆如阮公之協力同心，雖百蔡牽，可盡殲也，何至功敗垂成，猝以身殉哉？論者方公以張睢陽、岳武穆，洵無多讓。然公受先帝特達之知，生專節鉞，死極襃崇。門下士卒能滅賊以雪公憤，其遭遇且過於張、岳兩公遠甚。即此數詩，亦當與聞笛之作及《滿江紅》詞並傳千古，子孫世世其永寶之。抑余聞公所著有《水戰紀略》一書，異日當並刊行，俾後之用兵者，知取法焉，又不獨重其手澤而已。道光三年歲在癸未十二月二十九日,書于京師上斜街寓舍。內閣中書東鄉愚姪吳嵩梁謹記。

鮑桂星覺生

大節在天地,何煩文字傳?聊因識丹悃,更與耀青編。絕島麾戈日,孤臣撫髀年。平生忠憤氣,一半湧濤箋。

其　二

大鳥摩空去,哀蟬落紙聞。此中餘血淚,未肯化烟雲。骨肉綢繆苦,賓朋贈答殷。千秋論忠孝,誰似李將軍?

其　三

蛟鱷多全力,貔貅少一心。扣舷空裂眥,攬鏡忽悲吟。霜雪頭顱滿,波濤歲月深。爲公披錦帙,一字一沾襟。

其　四

聞笛中丞句,憑欄少保詞。金聲堪並擲,鼎峙復奚疑?蘭雪舍人論甚允。倬漢回天藻,貞珉拜水祠。象賢欣邂逅,摘翰有餘悲。

韓　對

尺幅海天闊,千秋翰墨香。丹心誠捧日,白髮怒飛霜。破竹禽渠勢,摧枯搗穴强。膚功期旦夕,遺恨失睢陽。

其　二

橫槊高歌夜,蒼茫水萬重。軍聲肅鷺鶴,笳吹答魚龍。風雨親朋淚,波濤出沒蹤。十年經百戰,袞帶轉從容。

其　三

薏苡紛騰謗,誰將直道陳?但求心一德,自有膽包身。舉世悲羊祜,盈庭哭祭遵。知公原不死,殺賊目猶瞋。

其　四

南臺留宦蹟,曾識李將軍。嘉慶甲子,余陳臬閩中,曾識公於南臺驛館。譚笑孫盧滅,丹青褒鄂聞。孤忠在天地,奇氣薄風雲。破涕聊相慰,燕然已勒勳。

## 附錄一　題詞

蔣祥墀 丹林

十年橫海冀功成，太息頭顱白髮生。自古忠臣易招妬，從無大將不多情。風濤難洗胸中憤，裘帶肯求身後名。片紙零縑好收拾，最看字字瀝丹誠。

錢　林 東生

願向扶桑早掛弓，長鯨東去浪乘風。十年牢落關心事，付與長歌短調中。

其　二

魂隨潮去骨成塵，事往辛酸莫再陳。笳鼓歸來歌競病，殿前奏凱是何人？

楊慶琛 雪椒

凜凜英雄氣，開編墨尚明。長吟星斗落，百戰鬼神驚。忠孝關生性，親朋繫別情。千秋瀛海浪，爲想鼓鼙聲。

朱方增 虹舫

巫咸無策叫天閽，畢竟知人仗至尊。飛語豈能讒馬援，游魂終遣懾孫恩。雄心暫借詩歌展，公議還憑史筆論。千古定軍山畔恨，將星同惜隕旌門。

其　二

海上降帆記往時，<small>謂招降粵東諸盜。</small>投戈竟遣領旌麾。論功孰執條侯議，決策誰張武穆師。漢待赤眉惟不死，唐封黑齒亦何疑。九原衹恐將軍笑，身後曾無墮淚碑。

繼　昌 蓮盦

電光石火只如此，螻蟻王侯同一死。從古沙場易報恩，捐軀不媿奇男子。如公之勇誰敢擬，如公之忠誰與比。公死爲神亦偶然，不殺朱濆終切齒。陣雲慘淡火光起，賊船見公奔若駛。我公奮擊賊船破，裂賊之睛抉賊髓。海疆將士半委靡，一呼振臂從公始。賊滅功成公殞債，可惜我公長已矣。我昔見公越山趾，我公不過書生耳。裘帶清風不可攀，三十餘年心仰止。公家東床我所喜，<small>陳司馬大琮，惜不永年。</small>竟視死生如脫屣。公之猶子新相知，<small>名增階，今粵東軍門。</small>駿烈鴻聲能繼美。吁嗟乎，我聞天子圖公求貌似，<small>公自始至終未一展覲，仁宗睿皇帝逢人必問公相。</small>不獨勳名昭信史。手澤猶留天地間，珍重吉光此數紙。

邱樹棠南屏

盛世昇平日，么麼敢跳梁。一心除小醜，百戰挫餘艎。亮節邀天鑒，殊勳紀太常。遺編欣展讀，忠藎性生良。

汪守和巽泉

海氛障空雲四起，樓船高壓風濤裹。百戰身經兩鬢霜，熱血淋漓海潮紫。手縛長鯨恨太遲，貔貅坐擁心先恥。月出秋清感喟多，仰瞻天闕問如何？刁斗夜嚴吹觱栗，鼓鼙聲壯伏黿鼉。烟凝盾鼻新磨墨，詩雜仙心人怒色。慟哭君門隔九重，閫外孤忠鳴不得。自奮捐軀報主知，將星忽殞愁雲黑。蓋代書勳史筆彰，裝潢遺墨重琳瑯。千秋公論誰憑信，萬仞鯨波近不揚。

陳用光石士

我昔嘗見忠武札，提兵論救淮陰軍。所與書乃李忠定，與公一心成厥勳。忠毅生世勝忠武，時值昇平主聖主。所惜同心無大府，其身既摧方滅虜。零篇斷楮幾章詩，想見樓船誓志時。雙燈導後鐃歌奏，毅魄終酬國士知。事見許庶子邦光跋。

## 調寄滿江紅

陳嵩慶荔峰

橫海妖氛，平蹴起、孫盧駭浪。算只有、臨淮壁壘，天心倚仗。裘帶自揮犀甲銳，樓船直指鯨牙放。想孤忠、血淚託悲吟，憑舷唱。　北平對，誰知狀。伏波恨，方騰謗。邃烟薶鍛翮，雲頹壓帳。一卷詩猶留正氣，九重詔爲頒殊貺。譜薤歌、泣與賦招魂，哀音壯。

王宗誠蓮府

海上欃槍掃，舟中劈畫勤。忘家惟報國，講武復能文。詩禮元戎略，旂常百戰勳。一生忠義氣，落紙欲蒸雲。

其　二

威名馳瀚海，浩氣懾長鯨。風雨行偏阻，波濤夢亦驚。誓師餘血淚，寫憤瀝丹誠。橫槊長天碧，高歌月正明。

### 其　三

薏苡偏遭謗，貔貅孰共謀？霜催斑鬢老，笳動故鄉愁。骨肉情兼摯，君親願未酬。幾回披手蹟，讀罷淚交流。

### 其　四

十載辛勤績，都歸卷帙中。丹青垂國史，裘褐繼家風。早定孫盧滅，旋成衛霍功。九泉應感慰，天藻表孤忠。

嵩　溥

妖氛橫海起，小醜漫相侵。絕島旌牙肅，孤身劍佩森。數年依碧水，百戰矢丹心。追奏膚功日，猶然顯照臨。

### 其　二

浩氣吞河岳，長歌見悃忱。忠臣易招謗，名將偶高吟。詩卷留天地，豐功冠古今。他年論勳績，無事羨淮陰。

### 其　三

裘帶家風古，精誠報國深。遺編載青史，大節荷綸音。有淚都成血，無言不斷金。孤忠貫秋日，讀罷涕沾襟。

鄭祖琛夢白

出師未捷恨如何，毅魄能教海不波。便是家常情至語，聽來已覺淚痕多。

### 其　二

不因裘帶誇名將，豈爲麒麟競上功？留得千秋真氣在，即無文字亦英雄。

周之琦

橫海飛將軍，忠勇故無匹。京觀待鯨鯢，戈船衝颶颭。頻煩劍截蛟，終歲頭生蝨。憤遺君父憂，時恨掎角失。流傳幕府書，感慨吞舟逸。東南隕大星，心事寒白日。勝籌羊祜操，遺令虎牙述。麾下竟禽渠，投軀復奚恤？尚聞酣戰時，神馬空中出。遂褫道覆魂，始伏橐街鑕。平生闕羔鴈，何幸覿斯帙。拈韻想風流，裁箋緬淳質。魏公笏傳家，鄂國詞有律。永爲臣鵠垂，非獨象賢帥。

李忠毅公遺詩

李　戚鳳岡

腥風刮刮盪鯨波，海國相驚信屢訛。致寇可憐皆赤子，玩兵初指是么麼。里中父老瞻華蓋，天上將軍手太阿。聞道誓師無返顧，那能感激復婷嫛？

其　　二

不畏貔貅數萬兵，賊中口號震公名。賊相語云："不畏大兵，惟恐與公遇。"旌旗夜捲星辰動，鎗礮朝飛島峙平。破穴擒渠摧朽蠹，毀家紓難奮先聲。公盡斥家貲充軍實。十年保障東南力，一蠹強於百仞城。閩、浙、粵三省洋盜皆得，公剿捕之力。

其　　三

初元降詔德愔愔，眷顧恩同溟渤深。嘉慶元年，公以屢著勞績陞參將，旋擢總兵。純皇帝召見，獎諭有加。天地生材原有用，公幼時即書太白"天生我才必有用"之句。鬼神爲泣最難任。千秋始信完臣節，百戰仍幸報主心。鉅典襃忠長俎豆，只今高浦特祠歆。

其　　四

憶從弱冠並公車，公與余爲庚寅恩科同年，又同里。携手春城貰酒家。耳熱便談屍裏革，興酣常夢筆生花。才兼文武熙朝瑞，誓重山河信史誇。剩有詩篇光煜煜，照余老眼淚如麻。

# 題　　跋

今海內無不知忠毅公大節炳天壤者，然當其時，轉戰大海之內，而么麼小醜東掩西竄，謗書時聞。賴聖主鑒其藎誠，始終倚任，功垂成而身隕則命也。觀卷中"風阻"、"雨阻"諸詩，想見瞋目叱吒，而困於無可如何。觀《有感》、《偶成》詩題下注，又知偏校有不能如公意者。嗚呼！使偏校人人致死如公，又少風雨之阻，當事又能與公一心，賊必擒矣，豈至倉皇蹈義哉？公之以節見，公固自知之矣。讀竟此卷時，寒風颯然，撼窗外樹作波濤汩沒聲。意公神在天壤間，如水在地中，其頷鄙言乎？癸未十二月十二日，莆田郭尚光附識。

忠毅公大節在天地，作詩其餘事也。然卷中諸什於骨肉手足之間，綢繆往復，字字從肺腑中流出，由天性淳至然耳。其云"祇恐瘁躬難報國"，又云"酬恩務盡寸心誠"，則公之矢志致命，早已情見乎辭。至其悲眼前之事業，謝身後之榮名，風狂浪阻，頭白心丹。讀是篇者，想見孤忠之苦，不禁悚慨交心，酸憤未能自已也。道光癸未十二月九日，同里愚姪許邦光呵凍敬識。

玉與忠毅公里門相望，鄉人輒傳其剿海寇時，波濤汩没中，隨意拈毫，純是一片盡瘁真氣流出。今讀此册，益信！吾誦其詩，吾知其人。道光三年嘉平，愚姪蘇廷玉謹識于京寓亦佳書室。

嗚呼！此壯烈伯李忠毅公手蹟也。公之偉略藎節，具見誌銘矣。今觀此册，其《偶成》一首自注云："賊匪北來，兵船反向。"《南去有感》一首云："賊氛勢大，便趨避。"嗚呼！此洋盗所繇日熾也，非直洋盗而已。在昔川楚，教匪滋蔓，實坐此病。然舉世共訛之，議之，而群帥晏然不以為恥。今公方躬自督師，乃切齒如此，其義烈為何如哉？是知海氛之久不靖，由於同心戮力之無人。其後渠魁之卒就殄滅，實緣公之威名忠悃，先有以褫其魄，而奪其氣耳。公之英靈，足以震慴乎千百年海隅日出之地，而況當日小醜屢被挫衂者哉？三復詩篇，曷勝欽歎。道光四年夏四月望前二日，錫山顧臬拜跋。

公之勳名焜耀，不幸而以身殉命也。公歿之後，部將卒用公策以殱賊，公亦可無憾。然及公之身，功垂成而卒不就者，何哉？讀公詩，悲公遇，未嘗不為之酸鼻矣。聞所著《水戰紀略》，出入必以自隨，公卒，書亦没於水，不得與吾鄉戚武毅公諸書並傳，僅以寥寥數詩繼《止止堂集》之後，可慨也已。道光甲申閏七月望後一日，東武李璋煜拜跋。

嘉慶甲子鴻藻里居，曾於還珠門道傍遇騶從，獲瞻公容，姿采沈毅而雍容裒帶，望之藹然，歎爲桑梓偉人。蓋公方追賊三沙，經省垣與督撫會議軍務，因從南臺乘舶出洋，即此册中《紀事》所云"雄舟奮擊，衆將摧鋒"時也，距今二十有八年矣。不意阻風江滸，邂逅故人，復得快觀詩翰。馮夷遮留，殆爲俗吏廣眼福耶？道光十一年三月，里後學廖鴻藻。

昔年奉職京曹，頗知忠毅公督師海上捐軀事跡顛末。道光壬辰春，得識潤堂襲伯于章門。因出公手蹟，讀之覺真氣凜凜，敬愛自生，不獨其詩字之淵雅深厚也。宛平楊振麟謹識。

# 附録二

## 遺　稿

### 重修寧波府學記

　　庠序之教,廣大悉備。禮樂出其中,兵刑出其中。《禮記·王制》云:天子將出征,受命於祖,受成於學。出征執有罪反,釋奠於學,以訊馘告,是也。兩浙瀕大海,浙東之門户在寧波,寧波之屏藩在定海。曩余鎮定海,海氛未靖。宋邑侯如林練鄉兵擒間牒,王學博鳴珂勾紳士衛閭閻。余無内顧憂,乃親率舟師遠追窮寇。歸則集邑人申明大義,又捐俸金百,葺横舍,使文武生飲射讀法於其間。今駐寧波,統水陸軍務,陸居時少,又兼定海鎮篆,事益繁多。賴兵備牆公見羹昕夕督材官造樓船如法,郡守楊公兆鶴慎簡乃僚,周行海澨,譏察非常,我三人相倚如左右手。事稍定,議修府學,各輸錢數百緡爲令長倡,經之營之,庶民子來,庶幾哉六邑之秀士,萃斯學者,習射上功,習鄉上齒,春秋禮樂,冬夏詩書,咸帥教焉。抑聞魯僖作泮宫淮夷攸服,安見今之不古若乎?上之人,克明其德;下之人,克廣厥心。平居則載色載笑,匪怒伊教也。有事則不吴不揚,不告于訩也。矯矯虎臣,在泮獻馘;濟濟多士,在頖獻功。飛鴞食鵙亦將懷我好音矣。海定波寧,寧第諸生之慶哉!

# 附録三

## 國朝詩人徵略

### 李長庚傳

　　李長庚,字超人,號西巖,福建同安人。乾隆三十六年武進士,官至浙江、福建提督,封三等壯烈伯,謚忠毅,有《李忠毅公詩集》。公幼學書,即書唐李白句"天生我材必有用",贈公大奇之,命以今名。性篤孝,母余太夫人疾,衣不解帶數月。免喪,補武生。舉乾隆庚寅恩科鄉試,明年成進士,授藍翎侍衛。年二十六,出爲浙江衢州都司。六年,擢游擊。又六年,由參將擢副將。林爽文之亂,入閩護海壇鎮總兵。鄰境有被劫者,誤指爲海壇界,落職留緝,公不申辯,遽出洋擒盜首林權,又擒盜於大岞。盜善火器,公竿鐮斷其船繚,跳登之。賊火燎公鬚,短兵接,大獲而返。時總督爲郡王福康安,訪水師將材,獨禮異公。公慷慨言曰:"長庚毀家爲國,船既自造,軍食器械不資於官,惟火藥非私家物,願有請於是。"督府檄沿海:"凡李某調用軍火,不限多寡,與之。"嘉慶元年授定海總兵,純皇帝召見,獎諭有加。明年擊蔡牽白犬洋,功最賜花翎。公獲海盜有名目者數十人,賊中口號曰"寧遇千萬兵,莫遇李長庚"。蓋自嘉慶之元迄丁卯,歷十二年,無一日不搜捕海盜。鬚髮以此白,面目以此黧,而公亦誓死滅賊,不復有旋踵想矣。六年冬,擢浙江提督,調福建水師提督。自上親政以來,專以蔡牽事付公,閩浙水師皆屬焉。公感激上知,益思自奮。其剿蔡牽也,敗之於青龍港,覆之於斗米洋,又大蹙之於鹿耳門。以牽船從北汕漏出,有旨奪翎頂。繼敗之三盤,又挫之漁山。血戰受傷,事聞,復頂戴。又敗之東湧,礟擊牽從子蔡添落海。明年又扼之粤洋大星嶼,斷牽船大桅,熯其篷索,圍甚急。若使粤援即至,則牽必計日授首。而無如其不至也,牽復得脱去。上聞,切責粤師。十二月二十五日至黑水洋,追及之,牽所有三舟耳。公奮勇欲登舟,忽風浪邊作,倉猝中礮隕命。烏虖!賊瀕於死屢矣,乃桅斷不死,舟燬不死,蹙之絶地不死,豈天故欲稽其誅,以俟惡稔,始殲之耶?抑天欲彰公之節,故使變生不測,而賊亦旋踵即滅耶?是皆不可知者矣。督臣疏入,上震悼,爲之墮淚,使撫臣迎其喪奠醊,賜帑金千兩,封三等壯烈伯,於本縣建立專祠,賜全祭葬,賜謚忠毅。又累降旨,飭水師將帥爲公復仇。勅督臣用所獲蔡牽義子蔡二,釁以祭公,梟其首喪次,聖代褒忠之典洵無以加矣。公所至修學校,作義塚,見義必爲有士大夫所不能者。公生於乾隆十五年四月二十五日,年五十有八。配吴夫人。子二,曰廷駒,乙卯科武舉,早卒;曰廷鈺,方爲公後,承其喪。吴夫人生女二,一字葉寅,一適同縣候補同知陳大琮,今奏留浙江,欲隨大府剿賊,以復公仇者也。《李忠毅公墓誌銘》,陽湖洪亮吉撰。

王濬,本水中之龍;高昂,亦地上之虎。身歷百戰,俘馘數千。始圖掃籜之功,終蹈裹尸之義。宜乎寒風大樹,哀騰兩浙之軍;薤唱蒿歌,淚灑八閩之水矣!李忠毅公誄并序,鎮洋彭兆蓀撰。

李忠毅公爲三軍之帥,受九重之知,生榮死哀,馨香俎豆,可謂一代傳人矣!乃其生平,惓惓惟在讀書。有句云"涉險有誰能共命,讀書無日悔當年。"又示兒句云"可記阿爺臨别語,讀書一事要深維"。又示次兒廷鈺句云"年來頗覺風濤苦,寄語吾兒要讀書"。每見世之爲士者,不知讀書之樂,而惟他務,是營浪擲有用之精神,坐消難得之歲月,試誦忠毅公詩,其庶幾翻然悔,憬然覺,奮然興矣乎!公外孫陳筠竹通守輯公遺詩刻之,昨以見示。披誦數過,因識數語於卷末云。《聽松廬文鈔》。

以公之勇,以公之忠,屢蹙蔡逆,奚難奏功?乃公詩有云:"海上波濤原不測,人間禍福豈能知?"又云:"論戰有人同性命,摧鋒獨我履危機。"又云:"萬事關心惟討賊,却嫌風浪不曾休。"又云:"廿年瀚海心原苦,百戰中流志未酬。"每於奮勵之中,隱寓憂危之意。嗚呼!公生由降岳,死定騎箕。其平日精誠所形,於他日臨陣功敗垂成,殆若有先見者。讀公遺詩,既肅然以敬,又不禁愴然以悲也。《聽松廬文鈔》。

　　聞公有《水戰紀略》一書,公歿,書亦亡失。余語筠竹別駕,當留心訪購,或別有副本亦未可知。《松軒隨筆》。

# 校 點 後 記

李忠毅，即李長庚（一七五一——一八〇八），字超人，號西岩，福建泉州府同安縣人。

李長庚少有大志，在私塾讀書時，就在書桌上寫下"天生我材必有用"七個大字。長大後，勤習騎射。乾隆三十五年（一七七〇）中武舉人，次年成武進士，授藍翎侍衛。乾隆四十一年出任浙江衢州營都司，歷遷提標左營遊擊、太平營參將、樂清協副將。乾隆五十二年，署福建海壇鎮總兵，之後累功晉升任福建水師提督、浙江提督。名列中國歷代名將百人譜。

李長庚是清朝江南著名的水師將領，驍勇善戰，長年轉戰於閩、浙、粵、臺洋面。海盜首領蔡牽以"反清復明"爲旗號，擁兵兩萬多人，海船二百餘艘，率領船隻攻打臺灣，佔據滬尾（今臺北縣淡水鎮）。奉明正朔，建元"光明"，自稱"鎮海威武王"。嘉慶九年（一八〇四）夏，清廷詔令李長庚總統閩浙水師，專捕蔡牽。李長庚率部轉戰於閩、浙、粵、臺洋面，每戰必身先士卒，屢敗蔡牽部，大小戰鬥百餘次。嘉慶十二年十二月，李長庚率水師追擊蔡牽部入粵洋。二十五日清晨，雙方在黑水洋展開激戰，蔡軍不支。李長庚以火攻船，掛蔡牽坐船後艄，欲登船將其生擒。此時蔡牽船尾突發一砲，正中李長庚咽喉，遂以身殉。

李長庚捐軀後，清廷追封其爲三等壯烈伯，賜謚忠毅。

李長庚好讀書，究韜略，在戎馬倥偬生活中，著有《水戰經略》、詩文遺稿等。

此次點校的《李忠毅公遺詩》是由其嗣子李廷鈺編輯的，多爲近體詩。詩集中反映軍旅生活，抒發征戰情懷的詩作佔有較大的比重，是一部很有特色的詩集。

編　者

二〇一九年二月

# 吴鲁集

# 目　　錄

百哀詩 …………………………………………………… 81

正氣研齋詩存 …………………………………………… 149

紙談 ……………………………………………………… 165

校點後記 ………………………………………………… 187

# 百 哀 詩

## 目　　錄

百哀詩序 …………………………………………… 李運祺　89
百哀詩序 …………………………………………… 易　象　91
百哀詩原序 ………………………………………… 吳　魯　93
清誥授資政大夫、賜進士及第、學部候補丞參、翰林院修撰、
　先孝且園府君行述 ……………………………… 吳鍾善　94
清故進士及第、資政大夫且園吳公墓誌銘 ………… 江春霖　102

百哀詩卷上 ………………………………………………… 105
　義和團 …………………………………………………… 105
　紅燈照 …………………………………………………… 105
　戕官 ……………………………………………………… 106
　毀鐵路 …………………………………………………… 106
　頤和園 …………………………………………………… 106
　南苑 ……………………………………………………… 107
　日本書記遇害 …………………………………………… 107
　毀教堂 …………………………………………………… 107
　殺教民 …………………………………………………… 107
　正陽門城樓火災 ………………………………………… 108
　毀正陽門外大柵欄西河等處民房鋪戶三千餘家 ……… 108
　直督奏捷 ………………………………………………… 109
　德使克林德遇害 ………………………………………… 109

甘軍圍攻東交民巷各國使館 …… 109

特旨命軍機大臣剛毅、趙舒翹馳赴畿輔一帶察看義和團情形 …… 109

毀宣武門內天主堂 …… 110

密旨召粵督入都 …… 110

密旨召巡視長江李秉衡統兵入衛 …… 111

密旨飭各省將軍督撫調兵勤王 …… 111

王府設壇 …… 111

軍務處四首 …… 111

義和團攻東交民巷各國使館 …… 112

張德成 …… 112

統帶武衛前軍提督聶士成在天津八溝殉難 …… 113

甘軍毀翰林院 …… 113

天津失守 …… 113

武庫 …… 114

停攻使館 …… 114

送瓜果 …… 114

京官出都 …… 115

諭旨停止鄉試并飭各省試差回京 …… 115

點名二首 …… 115

勤王師 …… 116

漢奸自首 …… 116

名帖 …… 117

三督封章 …… 117

開城濠 …… 118

關中會館 …… 118

回信 …… 118

附録　回信 ………………………………………………… 119

楊村失守 …………………………………………………… 119

總署大臣許景澄、袁昶奉旨正法 ………………………… 120

都城戒嚴 …………………………………………………… 120

通州失守，李秉衡死之 …………………………………… 120

總署大臣立山、徐用儀、聯元奉旨正法 ………………… 121

都城失守 …………………………………………………… 121

# 百哀詩卷下

武衛軍 ……………………………………………………… 122

劫數 ………………………………………………………… 122

疆臣 ………………………………………………………… 122

分段管轄 …………………………………………………… 122

掃地 ………………………………………………………… 123

拉礦車 ……………………………………………………… 123

藏身 ………………………………………………………… 123

窮途 ………………………………………………………… 123

貫市 ………………………………………………………… 124

清真寺 ……………………………………………………… 124

回城 ………………………………………………………… 124

無米行 ……………………………………………………… 124

哭崇文山師葆紹先世兄 …………………………………… 125

哭侍御宋養初同年承庠 …………………………………… 125

上相 ………………………………………………………… 125

慶邸入都 …………………………………………………… 125

協巡公所 …………………………………………………… 125

閏八月 ……………………………………………………… 126

| | |
|---|---|
| 雨雪 | 126 |
| 王五 | 126 |
| 書攤 | 126 |
| 後點名 | 126 |
| 送葉梅珊太史由救濟船回閩 | 127 |
| 遣興 | 127 |
| 秋感八首 | 127 |
| 全權大臣入都 | 128 |
| 領俸 | 128 |
| 洋兵赴保定殺直隸藩司廷雍 | 129 |
| 各國會議聯軍西指威脅聖駕回鑾 | 129 |
| 偏安 | 129 |
| 花車 | 129 |
| 會銜請聖駕回鑾 | 130 |
| 雜感八首 | 130 |
| 敵國 | 131 |
| 鴻雁 | 131 |
| 冬至 | 131 |
| 歲暮 | 131 |
| 梅花 | 132 |
| 金臺 | 132 |
| 先立春三日 | 132 |
| 祀竈 | 132 |
| 度歲 | 132 |
| 除夕 | 133 |
| 元日 | 133 |

新年 … 133

東風 … 133

啓秀徐承煜奉旨正法 … 133

元夕 … 133

積雪 … 134

傷春八首 … 134

清明 … 135

留美國帶兵官 … 135

出都 … 136

哀析津 … 136

上海觀出殯 … 137

武昌 … 137

舟泊峴山下 … 137

舟泊荊子關二首 … 137

蒲油河舟中遇雨 … 138

雨中斜照 … 138

閱報 … 138

冷暖 … 138

牢落 … 138

蠲租 … 139

武關 … 139

西征百二十韻 … 139

龍駒寨 … 141

秦嶺謁韓文公祠 … 141

藍田關 … 141

長安 … 141

奉命典試滇南 …………………………………………… 141

關中早發 ……………………………………………… 142

華陰道中 ……………………………………………… 142

苦熱行 ………………………………………………… 142

苦雨行 ………………………………………………… 142

貴州道中 ……………………………………………… 143

回京覆命 ……………………………………………… 143

舟泊辰州閱江鄂兩督奏請變法三疏 …………………… 143

渡江 …………………………………………………… 143

荆門州 ………………………………………………… 144

鄭州行宮 ……………………………………………… 144

渡河遇風 ……………………………………………… 144

聖駕回鑾頌八章 ……………………………………… 144

# 百哀詩序

瀏陽李運祺撰

詩歌之作，匪直組織聲律，調和唇吻而已，其本在人心之感於物也。夫在心爲志者，發言爲詩，聖賢用此攄寫性情，扶植世道，務使人心公理不没於天壤之間。以辨邪貞，而揩拄夫綱常；以彰善惡，而濯沐夫風俗；以揭奸忠，而模型於事功；以稽利弊，而影響於政治。

是故，先王之世，遒人迹焉，太師採焉。殫觀美刺，垂爲法戒。《詩》三百篇，大抵皆仁人君子撫時感事，存直道之公，以正人心而興起者也。

當成周之隆，世有哲王，忠厚啓基，肅雍布化，緝熙上理，致治太平。時則有若周公旦、召公奭等江漢宣風，邠、岐述俗。詠世德之駿烈，陳王業之艱難。揄揚盛美，形容成功。彬彬乎治世之音，鋪鴻藻而景鑠矣。

及其衰也，政變於上，民勞於下。蝘蟖肆虐，蟊賊内訌。繁霜有憂，雨無其極。於是召伯、凡伯、家父、芮良夫、譚大夫之徒，與夫邶、鄘、曹、檜列國之賢，陳古以刺時政，詖心以究王訩。咨嗟板蕩，欷歔瞻卬，《匪風》弔其揭發，《下泉》流其愾歎，憂國之忱，抑何瘁乎？

嗣是而作者，乃有靈均《湘纍》之韻，仲宣《七哀》之音，安仁《關中》之篇，杜陵《北征》之作，次山《舂陵》之行。方之風雅，其致一也。

夫昏之異明也，憂之殊樂也，其所感之聲，則亦有噍殺而無嘽緩。世衰道微，徒使賢人憂歎，雖極苦口呻吟，曾何補於當時之變？然而社稷有奉，國家無傾，或猶得延其緒於數十百年。惡知夫國之不亡，由夫人心之不亡也。人心之不亡，由夫詩之不亡也。詩不亡，而人心存焉。

嗚呼！此《百哀詩》之所由作與！《百哀詩》者我師晉江吴公，痛庚子之難，悲愁憂憤，而有是作也。

初，政府諸公奮發爲雄，欲張國勢，遂有驅除外侮之志。然以謀之不臧，信非所杖，暴動而輕，卒召鉅禍。夫不練習武備，而專恃邪術，謂可禦敵，未之前聞。

是時我師方職詞館，深怵國危，亟草諫章，冀回天聽。而當路執迷，言者輒拒不納。慮激之則益加厲，是以欲上其書而未果。

無何，聯軍至，官兵潰，拳民走，京師擾。六飛蒙塵，百官離次。烽火連天，干戈滿地。羶腥羼於城闕，狼烟遍乎郊遂。傷心慘目，哀可言哉！

幸而宸衷獨斷，列邦轉圜。翠華旋反，日月重光。斯則禍亂之來，適所以啓聖明之運者乎？

雖然，多難固足以興邦，而諱恥亦所以亡國。中國之病，往往寇至而言和，敵去而忘戰。苟安無事，則不復顧念夙昔恥辱。幕燕釜魚，罔知懲毖。夫惟無悲歌嘆息之吟，日提其耳而振作之也。且夫聽《鴟鴞》瘏口之音，而思周亂之所以弭，感《無衣》同仇之賦，而識秦俗之所由強。振國之要，其樞在詩。近時東西文明各國，曷嘗不經創鉅痛深，以奮起進步，其遇喪師失地，輒播爲詩歌，記念國恥，傳之學堂，宣之社會，以激發全國公憤，卒復強仇，爲世界雄。詩之風化天下，而効力於國家也如是，然則《百哀》之作，其以感奮人心，而爲今日警世之鐸者，義烏可以已乎？

距庚子之有七年，運祺從師於吉林提學署，始受其詩而讀之。亶觀夫禍敗之原因，流離之狀況，宮庭之憂辱，人民之慘傷。其事覈以實，其言切以直，其音悽以愴，其情怨以誹，其忠君愛國之誠，尤痛哭流涕而無窮太息。讀之使人毅然而有不共戴天之憤，故曰"詩可以興"者，良以此也。

嗟夫！我師之爲是作，是即召伯、凡伯、家父諸人之誦也。而在今維新時代，所恃以鼓舞人群，激勵國民，則益宜以哀時之音響，起變俗之精神。《書》曰："若藥不瞑眩，厥疾弗瘳。"《百哀詩》者，其人心之救藥也哉！

謹叙其旨於簡端，以諗天下之讀是詩者。

# 百哀詩序

長沙易象撰

蕭堂先生以丙午視學吉林,其時去庚子之變纔七年耳。當拳匪構禍之始,特一二無業小民萌蘗其間,爲曲突徙薪計,一捕役事,不足煩大吏。卒至一轉瞬間,而聯軍入京,兩宫西幸,幾釀成巨患而不可收拾。一時聞"素衣將敝,豆粥難求"之詔,販夫、牧竪,駔儈庸愚,亦且怒焉心傷不能自止。其在士夫,詎必無卧薪嘗膽,泣血枕戈,慨然以天下事自任者乎?曾幾何時,而部壘依然,射鈎尚在。與之談七月二十一日事,能鑿然言之者,蓋已尠矣。

象伏處敝廬,日隨侍於父兄師長之側,平居足迹不出百里,自傷孤陋,未嘗一與當世賢士大夫遊,得上下縱横、指陳得失。一聞天下利病,而蒿目神州,寸心輒鬱鬱如有所觸。乃投袂走京師,卒卒經年,一無所遇。惟二三同學少年,或時相告語曰:"今日莊嚴雄壯之都城,是嘗狐兔之與居,麋鹿之與遊也。"心竊傷之。

不旬日,聞俄日協約已有成議,某復從容告語曰:"今環球所屬目者,非東三省耶?子盍一往遊乎?今天下無事則已,有則將無乾净土以托子之足也。"象服其言,而重悲其意。乃出榆關,渡溟水,間關氛祲,經日俄戰地,而達吉林。

至則見危城半壁,松江帶其南,而臨城之西北諸山,壁壘巋然,危旌蠢立。轟然一聲,而全城之生命在其掌握者,則俄人所據之北山礮壘也,今則亦穆然徒見山高而水清矣。風塵僕僕,東驟西馳,俯仰古今,徒增激刺,而卒卒無所遇,則一如曩昔。

越戊申,乃得見知於先生。先生不以象讇陋不學,引而見之,且進而教之,益得親其言論丰采,俾了由不以未見歐陽公爲恨,意良得也。

竊不自揆,方欲一泛滄溟,迫扶桑三島,縱覽其山川、人物、風俗媺惡,歸而悉質之先生。而先生忽奉詔入都,亦既行有日矣。

先生文章道德方駕廬陵,而宏獎後進之心,求之今日,少此高風。生平著作等身,象以從遊日淺,恨未及卒讀。得讀者惟《百哀詩》一卷。篇中紀庚子變亂始末綦詳,於朝野上下利病得失,推見至隱,殆無遺事,雖百世下讀之,而先生一吟一飯不忘君父之意,猶歷歷在目。

世嘗稱杜工部爲詩史,而雪苑侯氏亦謂少陵生李唐肅、代之間,逃秦避蜀,以忠義自持,故其詩多憂悄之思,雄鬱之氣,亘古彌今,卓然不朽,今皆於《百哀詩》見之。

嗟乎！是殆欲國家無忘庚子之難也。夫光武以更始元年徇河北,其困亦已至矣,而卒以攀麟附翼之衆,蕆赤眉、銅馬,建中興盛業。然倉卒蕪蔞亭豆粥、滹沱河麥飯,當建武中,猶津津樂道之。其君臣間之交相勸勉者,爲何如耶？雖然,已一一畢陳之於先生之詩矣。

# 百哀詩原序

　　庚子拳匪之變,余困處都城,聞見之間,有足哀者。憤時感事,成詩百餘首,命曰《百哀詩》。歲甲辰,視學滇南。巡試之暇,偶檢舊稿,彙爲一帙。蓋以志當日艱窘情形,猶是不忘在莒之意焉。後之覽者,亦將有感於斯詩。

　　吴魯自識。

# 清誥授資政大夫、賜進士及第、
# 學部候補丞參、翰林院修撰、先孝且園府君行述

　　府君諱某,字肅堂,號且園,晚年自號老遲,又號白華庵主。世居福建泉州府晉江縣治之南。

　　我吳之先,於泉爲著姓。遭明季倭寇之亂,逸其譜,莫能詳。相傳先世爲浙之錢塘人,流寓泉州,遂占籍焉,名其鄉曰錢塘,稱錢塘派,然亦莫得而詳也。

　　我高大父府君諱呈堅,妣氏林。曾大父府君諱壁經,妣氏賴。大父府君諱廷選,妣氏張,是生先考府君兄弟四人。

　　始吾家故貧,瘠田庳屋,不給於饘粥,獨以行義望於鄉鄰。有修建屋宇者,曾大父乞取所餘磚石,纍纍積床下。遇清明節,遍行荒塚間,其有枯骨暴露,與其子孫遠道祭掃而猝不及掩,其將陷之封者,輒爲之增卑培薄,雖勞不倦。先大父嘗賈於莆陽,一被盜,再被火,皆罄產以償,不負人一錢。同治甲子,髮匪破漳州,又於廈門一帶採辦糧米,接濟軍食。事平,往來城廂內外,賑恤饑民,撫勞懇至。同事者或獎至道員,先大父獨不要賞逕去。

　　府君,先大父之仲子也。長爲伯父袚堂公,三爲叔父沂堂公,四爲季父肇基公,均前卒。府君既官京師,每遇覃恩,輒請於朝,自曾大父以下皆贈資政大夫,妣皆贈夫人。

　　府君自幼穎異,五歲就外傅,不欹坐,不斜視,不苟嬉笑,塾師嘖嘖稱異。年十二,讀書郡中小海黃先生家塾。先生一見,決爲偉器,又介府君先後受業於斐屏張公、冰若陳公之門。諸先生爲一時宗匠,皆以國士相遇,期許遠大。不獨課以舉子業,凡古今治亂興衰之故,因革損益之宜,與夫儒先性命諸書,無不窮源竟委,口講而指畫之。府君嘗謂,所學得力於三先生爲尤多。十八入邑庠,旋食

餘。辛未、壬申歲科試,尤爲學使者濟寧孫文恪公毓汶所奇賞。癸酉開拔萃科,遂以府君貢成均。甲戌朝考一等,授刑部七品小京官。俸滿升主事,充秋審處總辦。

惟時銅梁吳公鴻恩主講觀善堂,延四方名士爲文會。府君僑寓其中,獲與當世賢士大夫遊,昕夕講論,肆力於學。

光緒庚辰,先大父年七十,假歸稱觴,有終焉之志。先大父趣裝就道,勉以服官圖報稱,至於再三,尚猶依依膝下,更寒暑,越壬午二月,始行北上。先大父健飯無恙也。僅逾年而訃至,府君冒雪出都,遵陸南下。比抵家,一慟幾絕。以兆城(域)未卜,偕先叔父沂堂公躬歷窮峰疊嶂,日行數十里,稍暇則參考堪輿家言,卒得佳穴,奉先大父安厝焉。

丙戌,服闋入都,七月考取軍機章京。十一月傳補,旋充方略館纂修。在公勤慎,始終五年,未嘗給一日假。暇時,輒與同直徐公樹鈞、金公保泰、孟公繼塤、徐公迪新、陳公熾輩討論經史大義,時政得失,旁及金石、篆刻、書翰、繪事,窮極奧突,往復辨難以爲樂。

戊子,中式順天鄉試。庚寅,成進士,殿試一甲一名,改官翰林院修撰。

明年六月,典試陝西。八月,移督安徽學政,時猶未散館也。秦闈揭曉,多知名士。十月抵任皖學,例有免搜檢費,歲科兩試爲數頗巨,相沿已久,未之能革。府君始受事,即峻卻之。所至釐別弊端,甄拔寒畯。日而試士,夜而衡文。每去取一人,必反覆移時,尤以培養人材爲學臣應盡之職。若省垣之詁經書院,太平之翠螺書院,徽州之紫陽、東山兩書院,或倡建,或重修,或購藏書,或增膏火,先後捐俸五千有奇。癸巳秋,畿輔荒災,部電皖撫協賑,又與中丞沈公秉成各捐千金。陝士董春綵年老家貧,客死幕中。厚賻其子,使得歸櫬。其他賑孤恤嫠,修廢舉墜,如此類甚衆,不具書。

甲午,恭逢孝欽顯皇后六秩萬壽,特開恩榜。會中日違和,有事疆埸。江、皖督、撫弗克入闈,奏請府君代辦江南鄉試監臨。維時軍務倥傯,征調繹騷,江干民船,悉被封禁。八月初三日,松江考生張邦燮、潘炳辰、陸元達等進省應試。

比到下關,兵差蜂擁上船,挾勢鴟張,凌辱尤甚。潘、陸被擠落水,張亦身受重傷。上下江士子均抱不平,聚衆數千,遮塞監臨節署,時已漏下二鼓矣。府君聞外鬨甚烈,探悉情由,亟命遞呈批辦,立詣江督劉公坤一,磋商逾時,未能定議。府君曰:"本科恭逢慶典,兩江士子一萬數千,公憤難平,衆怒難犯,非細故也。況又軍務方興,人心搖動,萬一不逞之徒乘機竊發,將若之何?"劉公深以爲然,遂會銜榜示通衢,剴切宣慰,繇是士子始各歸寓,屆期如常入闈。

九月,事竣回署。時先大母春秋高,南望晨昏怒如也。顧以警報紛傳,屢戰失利,宵衣旰食,非臣子圖安之日。十一月,交卸回京。闈省士紳相與勒碑署左,以志不忘。

乙未散館一等,九月,給假歸省,先大母喜動顏色。自是,府君每晨起,偕先伯父率子婦孫曾起居,先大母上食,親爲調護。撤食,親爲拂拭。夜則伺先大母就寢,然後率家人出,門以内雍雍如也。

丙申六月,先大母卧病七日,遽至不起。慎終之典,一衷諸禮。府君恒謂"薄宦京國,微禄不足自給"。迨出視皖學,又以先大母年近八旬,不獲奉安輿以就養,常引以爲憾。

丁酉四月,奉先大母祔於先大父之兆。親友執紼,途爲之塞,有至自數百里外者。見先伯父暨府君哭盡哀,輒私相告語曰:"太夫人躋上壽,被崇封。二老人者沿途哭踊,惻然動人,真盛事也。"

己亥服闋。將回京,知交朋好多留行者。府君曰:"唐馬周有言,每讀前史,見賢者忠孝事,未嘗不掩卷太息,思履其迹。不幸已失父母,抱恨終天。顧來事可爲者,惟國事而已。移孝作忠,所以報國,亦即所以報親也。"遂就道。八月抵都,歷充國史館纂修,教習庶吉士、本衙門撰文諸差。

庚子二月,山東拳匪滋事,蔓延及于近畿。五月以後,殃及德使,擾及使館。戰禍已開,大局岌岌矣。六月,詔開軍務處,以府君充總辦。到差未幾,天津失守。馬提督玉崑飛報軍情,府君代爲裁答。略云:"爲今之計,宜以南路包抄其後,西路横擊其腰,北路力遏其衝。克服津郡,保衛畿疆,此上策也。總期互相聯絡，一鼓作氣，三面環攻，以紓宵旰之憂勞，以膺渥優之懋賞。"又以是時條上用兵策略，指陳形勢，籌畫軍情，尤爲詳晰。顧事已無可爲矣，不數日，楊村、通州相繼淪陷。

七月廿一日，聯軍入都。府君聞聖駕自西直門出，徒步追隨，及于海淀。明日復前行，未數里，遇潰卒截途搶掠，川資罄焉。不得已，仍回京寓。

辛丑二月，南北道通，趨赴行在。道路傳聞，有建都長安之信。府君先到襄陽，查勘形勢，次由樊城買舟西上，經荆子關以達龍駒寨，周歷漢、唐漕運故道。舟行匝月，非石灘阻攔，則水淺沙淤，深以爲慮。四月廿八日，行抵西安，已於廿六日奉旨簡放雲南正考官矣。

樞府諸公以府君新自都下來，枉駕過訪，不絕于道。善化瞿公鴻機詢及議者多以建陪都爲言，究以何者爲善。府君力主襄陽形勢爲當今第一，又極言關中今昔不同，萬非駐蹕之地。瞿公首肯者再。

八月抵滇，副考馮公以事被議，中道折回，府君一手校閱。又值庚子、辛丑恩正併科，日未出而起，夜分而未休，始終二十餘日，取士如額。既出闈，滇撫李公經義舊識也，備送兩科四主考應得正供，府君受其一，餘并却之。

十二月到京，適朝廷咎當事者任用非人，貽誤大局，以翰林院爲儲才之地，特諭掌院學士以壬寅二月爲始，督飭在館人員切實講求經濟，按期呈遞論說。府君以時局阽危，宜切究我國三十年來之積弊，參考東西各國用人、練兵、籌餉之機宜，前後論撰僅及十篇。

四月，奉命視學雲南，瀕行召見者再。九月抵任，凡所以試士者，一如視皖學時。癸卯八月，更換學政，復奉留任之命。府君以初變新章，文風不競，回省之暇，添設月課，分舉、貢、生童爲三榜。應試者多至千人，捐廉獎賞，先後十餘課，尤爲滇人士所稱頌。

乙巳八月，朝議停止科舉，以各省學政專司考校學堂事務。維時滇省學務掌於臬司，所有公事，不過一紙文移，立冊存案。即有奏咨之件，亦不過隨同畫諾而已。

十二月，具摺請裁學政。略云："振興學務，一在廣籌經費，遍立學堂。二在嚴督府、廳、州、縣，實力奉行。三在遴委道、府，認真考察。四在鼓勵本籍紳士，協力相助。凡此四端，皆宜統歸督、撫經理，方能確著成效。"

丙午四月，得請回京。諸生送行者，絡繹于道，并於吾閩林文公去思碑之右，爲府君樹德教碑焉。

閏四月，行抵黔垣，又奉署理吉林提學使之命。

六月抵申，偕各省提學使前赴日本考察學制，兼及農、工、兵、商諸政，既蕆事，周歷橫濱、神戶各處，取道高麗，渡鴨綠江，經安東以達奉天。十一月，抵任吉林，設提學使司自是始，學綱浩博，百度待興。任事則無人，開辦則無款。乃先捐廉五千金，以爲之倡。丁未二月，將軍專摺奏聞，奉旨賞給二品頂戴。由是泄沓之風，爲之一振，而學務之稍易著手，亦於是始。

府君嘗以教育普及，必以小學爲之基礎，小學發達，必以師範爲之樞紐，于二者尤兢兢焉。此外如方言，如實業，如法政，如模範各學堂，數月之間，依次成立。明年並及中學、女學，每日輪履各校，登堂演講，刺取先賢言行有合於諭旨，所謂"忠君尊孔"者，繁徵博引，亹亹不倦。中學以上，兼訓兵學。先之以日本倉遷明俊所著《養兵秘訣》，繼之以日本兵法所自出之王文成《經濟集》，援古證今，語尤切實。始終期有半載，勤勤懇懇，如一日焉。又以文廟規模狹隘，不稱體制，倡議改建，詢謀僉同，並請府君典其役。戊申正月，躬歷四城，審度形勢，衝風冒雪，不懈益虔。久之，得地於東萊門外，復捐廉千六百金，以充經費。五月，奉旨內召，派在學部丞參上行走，文廟工程因之中止矣。

府君自到吉以後，時萌退志，然以一日立乎其官，則一日盡乎其職。其有事不符義，侃侃辨論，雖屬上司，不少假借，以故寖至相失。

先是，吉林舊有考棚，遼東之役，爲俄人所佔。府君到任，暫假學務公所爲辦事處。丁未正月，俄人撤退，又有交涉局委員帶同日本領事，全數盤據。文移往返，抗不退還。巡撫暨交涉司一味因循，不敢過問。日本文部長牧野，外部長林董，府君東遊時甚相得也。乃以先後情形，具文責問。又詳請北京學部、外部速與交涉，無任宕延，當道頗滋不悅。而是年七月，又有紳士、候補道松毓謀充學務議長，由巡撫行司札派。府君覆以該道既充營務處總辦、自治會會長，應辦事件，諒亦繁重，若再兼此席，未免賢而過勞。巡撫因此意見不合，松道因此大相水火，率同巡警局劣紳暨子姪十數人，強佔學務公所，於廳事之前懸掛紳董公所匾額，每日攪擾，徹夜不休。事爲東督徐公所聞，乃併松道被控各案，札府君徹查詳覆。府君細心密訪，事皆確鑿，遂據以申於制府焉。未幾，内召旨下，彼都人士嘖有煩言。府君正以回京爲幸，置之不問也。

十月交卸，七郡紳民，八旗族姓，相與叙述政績，勒諸貞珉，一如去皖、滇時。抵京後，會兩宮不豫，未及召對。間數日，迭遭大喪，天崩地坼，攀號莫及。捧讀哀詔，往往泣數行下。

逾月，供職學部。自星期外，辰而往，午而歸，鮮一日之曠。

庚戌春，右參議以視學出本部，請派署，府君名在第一。同列請具謝恩摺，以俟旨下，竟不得。

十月，由本部保奏，改爲候補丞參。原摺有"該員學優識茂，聲望素孚。到部三載，多所贊襄，勤勞卓著"等語。辛亥夏，派充圖書館總校，是爲到部後第一次得差也。

府君沉靜寡言，不事干謁，服官中外近四十年，未嘗一補實缺。嘗解"運"、"動"二字，以爲方今之世，容有運而不動者，未有不運而動者。又嘗解"行"、"走"二字，以爲行則行，不行則走。至是，遂呈請本部，代奏開差。唐尚書景崇雅意挽留，至于一再。府君請益力，乃爲代奏，得旨俞允。以閏六月廿八日出京。七月初三日，行次上海。初七日，忽構風痺之疾，服藥數劑，幸即安健。

未幾，鄂事起，南北多故。不數月，遂有遜位之事，時猶旅居海上也。常稱普陀山白華庵，地方幽邃，最便養疴。不孝以窮冬凜冽，風雪交加，婉勸再三，始不果往，因命畫像者寫一釋裝真容，並自號白華庵主以見意。

壬子二月，航海回籍。五六月之間，神清氣爽，步履輕便。不孝等方竊然私幸，以爲福祿正未有艾。乃八月廿七夜就寢後，覺口微渴，以平日所服之茯苓湯進啜兩口即嘔，再進橄欖湯兩口，遂就寢。不孝等私立門外，聞鼾睡之聲，有若痰壅之狀。亟趨省侍，則已不能作一語矣。延至廿八日巳時，竟棄不孝等而長逝矣。嗚呼！痛哉！此皆不孝等奉侍無狀，不能視無形，聽無聲，以至一旦疾作，至於大故。罹此鞠凶，萬死莫贖。嗚呼！痛哉！

府君生於道光二十五年乙巳七月二十一日亥時，距卒於壬子八月二十八日巳時，享壽六十有八。

泣念府君天性孝友，內行肫篤。少壯時遭家中落。至授徒鄰邑，藉脩脯爲甘旨之資。迨官京邸，支絀萬狀，猶復時寄衣物，以博親歡。先叔父沂堂公早世，遺孤鍾謨、鍾珪，方在髫稚，爲之延師課讀，先後補弟子員。鍾謨復不永年，撫其二子，不異諸孫。官吉林時，不孝間進人參，則泫然曰：“吾親未嘗服此也。”間進珍饈，則又泫然曰：“吾親未嘗食此也。”與人坐語竟日，身不稍側。家居時，鄉下戚屬詢問都中瑣事，至爲鄙陋，未嘗不一一詳爲之說。口不言人過，雖不孝等有不謹處，隨時訓勉，未嘗有疾言遽色。惟在滇、在吉，以至回京之時，慨念時艱，議論切直，雖輒緣以觸忌，未嘗有所悔而變計也。

生平論學，一以有宋五子爲宗。間有作，必歸于扶植道教，講明正學。

政事之暇，喜臨晉、唐法帖，所作真、行書，多傳於世。尤嗜畫，遇古人名迹，愛不釋手。庚子之亂，遺失戴文節公山水畫軸，丙午在滇，輒爲追摹一幀，以志景仰。辛亥夏，重獲戴畫，兩相印證，見者以爲在伯仲之間也。辛卯使關中，舊藏圖史寄頓京邸，半生撰述，散佚無存。丙申，奉諱家居，輯古禮之宜於今，與今禮之合乎古者，爲《讀禮纂錄》四卷。庚子之役，困處都城，聞見之間，有足哀者，起初亂，迄回鑾，成詩百數十首，爲《百哀詩》兩卷。壬寅春間，翰林院添設月課，自二月至四月，得文十篇，爲《紙談》一卷。乙巳官滇南，纂輯宋五子粹言爲《蒙學初編》兩卷。丁未官吉林，躬歷各校，誨示學者，爲吉林中學堂《兵學》、《經學》、《史學講義》各兩卷。戊申回京，迭遭孝欽顯皇后、德宗景皇帝升遐之變，爲《國恤恭紀》一卷。乙酉以後，續纂兵學講義所未竟者爲《讀王文成經濟集書後》六卷。不孝等編次遺稿爲《正氣研齋文集》四卷,詩集一卷,雜録、雜著各兩卷,使雍、使皖、使滇,西征東遊各日記綜十餘卷,藏於家。

元配先妣盧夫人,性樸而勤,式於閭里。繼配家慈王夫人,勤修內政,門庭秩如。子五,長鍾鑑,太常寺博士;次鍾銘,邑庠生、候選訓導;次鍾庸,同知銜;次鍾善,副貢生,癸卯經濟特科二等,廣東試用州判;次鍾勳,前卒。女二:長適曾,次殤。孫男十:頤林、瓊林、湞林、溶林、普林、旭林、雯林、和林、章林、竹林。孫女八。

嗚呼!痛哉!不孝等已矣,長爲無父之人矣。哀迷之中,語不能文,惟有字字録實,用存涯略。伏祈當世立言君子,俯加採擇,賜之論撰,俾表諸墓碣,傳之家乘,不孝世世子孫感且不朽。

(吴鍾善《守硯庵文集》)

# 清故進士及第、資政大夫且園吴公墓誌銘

莆田江春霖撰文

公諱魯，字肅堂，號且園，晚號老遲，又號白華庵主，閩晉江人。

曾祖吴堅，祖璧經，父厚宇，皆以公貴贈資政大夫。璧經家故貧，行義望一鄉。厚宇商涵江，一被盜，再被火，皆鬻産還債，不負人一錢。漳州之亂，嘗協濟軍食，賑饑民。同事獲優叙，不要賞徑去，人以是高之。有丈夫子四，公其仲也。

公幼穎異，五歲就傅，端重若老成。稍長，從諸名宿學古今治亂、興亡之故，因革損益之宜，與夫儒先性理諸書，皆窮極源委，不屑屑教爲帖括。

未冠，補邑學官弟子，旋餼上庠。同治癸酉，舉拔萃科。明歲，考授刑部七品京官。俸滿升主事，總秋審。公餘益肆力於學，書法精絶，名噪都下，顧大器晚成。光緒丙戌，考軍機章京。戊子，中順天鄉試。庚寅，始以進士及第，授翰林修撰。距選拔時十有七載，而公年已四十有六矣。

及第後，典陝西試，督安徽學，又爲雲南主試、學政，宦達矣。卒以提學吉林，爲强有力者所擠，召入學部，以丞參用，兼圖書館。落落不合，致仕而去。階止資政，科名至大魁，仕宦至文衡，皆人生之至榮，不可謂不遇。余獨慨其猷爲有守、不獲柄用，遂遭國變，而齎恨以没也。

公在軍機，嘗與修方略，終五歲，未請一日假。在翰林，歷充國史纂修，庶常教習及撰文。

聯軍陷天津，被舉總軍務處。乘輿西幸，追弗及，取道襄、漢，奔行在。所爲《答馬督三路環攻書》及與樞府瞿公論建陪都襄陽語，皆切實。嗣朝議咎當事誤國，命諸翰林講實用，所著論説中國積弊，東西政策，尤瞭如指掌。其典陝試，則拔取多老宿。典滇試，則兩科並舉，一手校閲闈藝。出滇，人比之《廣陵散》。

安徽學政有免搜檢陋規，數鉅莫能革。公至，則峻却之。衡文每去取一人，必反覆移時。尤以振興文教爲己任。前後購紫陽藏書，增東山膏火，倡建詁經，規復翠、螺兩書院，捐廉約五千有奇，餘尚不在此數。鄉試代監臨，適中日違和，徵調驛騷，兵役擠松江土下水，衆怒且不測，得公一言而定。皖人德之，爲額其堂碑於署左。滇學歲滿，留復任。

新法初變，文風不競，公乃合舉貢生童，月試而優獎之，以爲之勵。及詔停科舉，考學堂，公復條上興學四策，請裁學政，而專責督、撫。去滇之日，士紳爲樹德教碑於林文忠公去思碑之右。

吉林之初設提學使也，諸事草創。公甫至，即捐五千金爲倡。文廟體制不稱，議改建，公復首捐一千六百金。在任僅一年有半，自小學、師範、方言、實業、法政、模範諸學堂，以及中學、女學，依次而立。日蒞一校，必刺取先賢言行，爲諸生諄諄講解。中學以上，並講兵學。

日人占試院，巡撫朱家寶及交涉司不敢過問。公徑詳部，並移書日本文部、外部，爭甚力。吉紳松毓已兼二差，復夤緣朱撫，札委學務議長，公拒弗與。松被訐訟，東督委公查，亦不以中丞私人稍回護。士之碑頌，不減在皖、滇時。

嗟乎！中國自變法以來，廉恥道喪，賄賂公行，朋黨牽引，布滿要地。競爭於權利，徵逐於遊戲、酒食，天下事不以關其心。交涉務媚外，以偷旦夕安。及事關内政，則利之所在，巧取豪奪，壓制惟恐其不至，馴至民窮財盡，天怒人怨，國家將亡而猶不覺悟，流毒至今未已也。令得如公者數輩相助爲理，勵精圖治，賤貨貴德，節用愛人，中外輯和，民心固結。國雖弱，必不亡。即亡，亦豈若是速哉？此則後漢之所以傾頹，而諸葛亮之所爲歎息痛恨者矣。

公内行尤篤，資政没時，公在京師聞訃歸，一慟幾絶。卜兆域，日步行數十里不倦。太夫人以上壽考終，公年五旬餘，猶作孺子慕，哀動行路。以禄養未及而父没，每服珍異，未嘗不流涕泣下。三弟沂堂早逝，孤子鍾謨復夭，撫其子與子孫無異。遇朋友事不合義，尊長無所屈，而情意同摯。陝上董孝廉春綵游幕卒，獨贈四百金，歸其喪。生平慷慨多類此。宣聖所謂順親信友，君陳所謂孝友施於有政者,觀於公益信。

所著有《蒙學初編》、《兵學》、《經學》、《史學講義》、《教育宗旨》、雜著各兩卷。《國恤恭紀》一卷,文四卷,《百哀詩》兩卷,《讀王文成經濟集書後》六卷,使雍、皖學、滇學、西征、東遊諸日記,綜十餘卷。

公生於乙巳七月二十一日,卒於壬子八月二十八日,享壽六十有八。元配盧夫人,性樸而勤。繼室王夫人,治家有法,門以內秩如。子男五:鍾鑑,太常博士;鍾銘,訓導;鍾庸,同知銜;鍾善,副貢,經濟特科二等、廣東州判;鍾勳,前卒。女二:長適曾,次殤。孫男十:頤林、瓊林、淮林、洛林、普林、旭林、雯林、和林、章林、竹林。孫女八。

其孤卜以癸丑十一月十三日,葬公於邑之儒林鄉馬鞍山,遺書來索銘。余於公爲翰林後輩,交甚篤。而州判君又與余爲忘年友,辭弗獲,謹爲之銘曰:

苞有蘗,斧無柯,風景不殊泣山河;滄桑世變古如此,天實爲之謂之何?

# 百哀詩卷上

### 義　和　團

聖皇御宸極,太歲次庚子。邪教倡山東,妖氛遍淶水。團匪起自山東,蔓延直隸之淶水縣。巨禍誰釀成,大官夫己氏。山東巡撫縱民傳習拳術。畿輔牧民流,食肉半猥鄙。民怨相沸騰,凡事有緣始。昏蒙淶水令,虐民等犬豕。起起雄一方,訟庭冤莫理。負屈心不甘,昕夕思雪耻。策騎山東來,登壇習拳技。歸來煽謠言,應者遂四起。村民愚無知,聯絡爲臂指。己亥冬,淶水縣武舉爲縣令所辱,憤赴山東習拳報復。庚子二月,在淶水縣設壇,集衆滋事。星星致燎原,萌芽基諸此。始念在仇官,鼠竄伏閭里。狒狒遊手徒,懾服供役使。轉希意外危,恃衆肆譎詭。咒語喃喃傳,神兵陰符佁。《離》卦爲主張,祝融任驅馳。煜煜樹旌麾,滅洋標宗旨。團旗中畫《離》卦。傍書"扶清滅洋。"設壇奉拳神,薰香日纏繞。蔓延遍畿疆,昏迷入骨髓。尊爲師父兄,道途肅拜跪。拳匪相稱爲師父、師兄,路人遇之,皆伏地跪拜。須臾舉國狂,無分遐與邇。來勢日益橫,貽害伊胡底,搔首問穹蒼,世運丁極否。

### 紅　燈　照

紅燈照,垂髫弱女年小少。吞符念咒一身輕,其實乃糊一紙人。恍到方壺歷圓嶠。蚩蚩羅拜中庭中,中庭盡日設齋醮。山東妖術名曰紅燈照,以十一二齡幼女,教之誦咒畫符,須臾携燈而上,高低無定踪。紅燈照,閃爍空中一星曜。騰雲駕霧高復低,睁睁萬目齊瞻眺。紅燈照,儂傳神符靖邊徼。神符能護義和團,百萬神兵任儂調。謠傳紅燈照能號召神兵助義和團以滅洋人。吁嗟乎！妖術厲禁原森嚴,紅燈胡爲肆聚嘯？古來妖孽由人興,家國禍機皆自召。

### 戕　官 庚子三月十七日

武夫貪天功，危詞大帥給。大帥瞶而昏，視民如螻蟻。輕聽營弁言，舉兵肆焚毀。淶水縣義和團初起，營弁楊祖同遇事生風，以危詞聳直督，請兵剿辦。三月十七日黎明，赴邑西郊，槍礮齊施，斃十七命，傷者無數。淶民心憤不平，聯絡數十村，陰購軍火，誓必復仇。自是，義和團之風日熾矣。詎知無辜者，憤憤切其齒。誓必復此仇，併力死無悔。咻咻狐鼠群，勇氣增百倍。聚衆伏深林，控弦相角掎。營弁勇無謀，持戟蹈前軌。先驅入穀中，抄掠遍閭里。號礮聞一聲，四面伏兵起。營弁困垓心，部曲皆瓦解。群鷹撲孤兔，合圍無離趾。赳赳稱干城，一刺墮馬死。誰實釀禍胎？天刑當其罪。團匪聚衆埋伏要隘，楊弁未及偵察，邀功大舉，墮其術中。衆刃交加，楊弁墮馬隕命。大吏任疆圻，斯民皆赤子。黜邪愧無術，清夜宜反己。不教殺爲虐，先聖有微旨。手縮軍中符，凡事慎諸始。

### 毀　鐵　路

愚民亦畏法，戕官懼官來撻伐。畏法畏禍啓亂機，聚薪潑油毀軌轍。赤檝一炬鴉紛飛，鐵輪轟轟火烈烈。焦爛殃及池中魚，豐臺車站付灰劫。團匪懼官兵進剿，起意毀火車，以斷其來路。豐臺車站房屋器具，付之一炬。涓涓不塞成江河，事勢於今盡決裂。官差縮頸丞尹逃，兵弁逡巡困鼠穴。匪徒知官無能爲，柴炬牛刀竹竿揭。大帥聞風喚奈何，官激民變空嗟咄。吁嗟乎！始何勇鋭終何怯，防營官軍盡庸劣。

### 頤和園 五月初十日

禁門青鎖畫綃懸，夜半蓮輝徹斗躔。何物么麼穿蟻穴？中宵閃爍噴狼煙。驚飆響遞龍鈴急，入衛書馳虎旅傳。五月初十夜，頤和園前後礮聲隆隆，查係團匪設壇聚衆，焚香誦咒。太后宣旨，召禁軍入衛。十一日還宮。漫道妖言難勝正，江河橫決起涓涓。

## 南　　苑

聖皇講武龍驤騰，春蒐禁旅來蒸蒸。鼛鼓載宣朱鷺節，武備不敢弛承平。曷來妖言震遐邇？人心煽惑危機乘。煌煌王章玩股掌，白晝持械霜雪凝。夜伏禁地作窟穴，閽人避患莫敢攖。團匪初起，不敢入都城。晝則煽動於馬家堡一帶，夜則伏於南苑。點狐咻咻盜符籙，佐以天狗更猙獰。誰司職守飾聾瞶？坐使社鼠憑觚棱。詎知養癰實貽患，種種罪惡主者承。莫謂杯中幻蛇影，智者憂事於未萌。

## 日本書記遇害 五月十五日

點胡幻相沐猴冠，馳出都門獨據鞍。十五日，日本書記小杉假漢官衣帽翎頂辮髮，潛出永定門。黑髮滿頭貂續尾，花翎雙眼雀飛翰。重關嚴詰師難漏，合刃交揮體不完。駐永定門甘軍察出，拏送董福祥，盤詰數語，登時殺斃。爲問妖氛誰召禍，甘軍偏袒義和團。自甘軍殺日本書記之後，團匪藉口"扶清滅洋"，白晝持械，擅入都城，殺教民，毀教堂，肆行無忌。直督辦理不善，董福祥輕啓釁端，實此案禍首。

## 毀　教　堂

雲窗霧牖樓上樓，西教遍傳東南洲。得氣多方肆恫喝，輦轂之下狐貀遊。豪民仗勢挾官長，耶穌天主甘餌投。點狐假威蓄衆怒，狒狸肆虐爲民仇。一朝失勢皆鼠竄，空堂闃寂陰霾稠。怨家攘臂圖洩憤，赤幟一掃蒸烰烰。五城經堂數百座，樓灰屋燼無人收。洶洶群情勢莫遏，鼕隆白晝喧雷桴。堂皇大官飾聾瞶，坐視未能展一籌。

## 殺　教　民

頭纏紅綾帕，團匪皆以紅巾裹頭。手握三稜刀。捉民如捉鬼，當頭"十字"難脫逃。團匪謂教民額項皆有"十"字形。全家撲殺無噍類，人聲鬼聲白晝嗥。團匪上神之後，其聲咻咻，如鬼聚哭。壇前薰香爇一炷，抵死不願伏神曹。團匪拏獲教民，若肯登壇焚香，即許以出教，准其保釋。如服教已深者，謂死後可登天堂，抵死不肯焚香，延頸受戮，登時撲殺。嗟爾

107

婦孺亦何罪，自甘頸血斧鑽膏。赫赫王章弁髦棄，陰曀蔽日風颸颸。

## 正陽門城樓火災

五月二十日，團匪毀大柵欄屈臣氏中西藥房，火連廣德樓戲園，黃霧四塞，火光燭天。須臾東北風發，延燒西河沿煤市街一帶民房、鋪户三千餘家。未刻轉北風，延燒正陽門城樓東西月墻，荷包巷，悉付一炬。驚心慘目，莫可言狀。

歲次丁亥冬十月，太和殿門火光發。五城聞警傳水龍，大小臣工赴宮闕。深宮下詔殷責躬，上感天和嚴對越。丁亥十月，太和殿門災，深宮下詔罪己，群臣趨赴太和門外，坐班救火。時余入直樞垣，隨班席地而坐，火熄始散。是何醜類貌王章？白晝縱火焚藥房。正陽城樓嚮離起，內對午門開天閶。畫棟雕薨付一炬，元精散漫離真陽。文酣武嬉不措意，詭言大數歸穹蒼。危樓矗立射火箭，霹靂空中飛瓦片。火鴉裂石石鴉飛，慘澹漫天掣飛電。玄黃一色渾西東，曀霾蔽日難爲紅。我欲披瀝訴真宰，中庭踉蹌號哭窮。吁嗟乎！蠛蠓號天天不應，妖氛四塞萬古聾。

### 毀正陽門外大柵欄西河等處民房鋪户三千餘家同日

拳神盜竊離宮符，祝融應令神術驅。妖童口誦喃喃咒，手握寶劍驚智愚。一幅紅巾帕其首，連環十指相枝梧。以劍劃壁作界限，四圍約束離神拘。傳令鄰居莫心懾，火神聽令難旁趨。團匪自稱得神符神咒，所毀教民住屋，皆有界限，斷不殃及四鄰，以此人皆信之。一朝烈火電鞭策，萬隊火鴉展健翮。騰天拉地火雲飛，密瓦堅牆肆辟易。茫茫浩劫難獨逃，千家萬家悸魂魄。骨肉狼籍埋火坑，爲死爲生爭一息。沿街奔哭聲如潮，十面九面淚睛碧。拳神無術皆狂奔，脫巾擲劍褫妖魂。誦咒畫符符不應，迅雷霹靂翻乾坤。窮簷華屋成灰燼，六時無旦皆昏昏。東鄰壁壓西鄰壁，東鄰西鄰號奇冤。大官至死亦不悟，謂此奇災乃天數。不能歸咎義和團，拳神或別有調護。惸惸孤獨皆無歸，冤民飲泣不敢訴。拳匪自稱神符保護，不至殃及四鄰，此次延燒三千餘家，應知其怪誕不經，嚴拏懲辦，乃王公大臣一意袒護，置若罔聞。嗚呼！豈天數果難逃乎？不然，何昏蒙乃爾耶？

### 直督奏捷二十一日

大帥津門露布馳,都城稚孺佼雄師。直督奏津郡義和團攻紫竹林,毀洋房無數,洋人殲滅殆盡。由是都城一唱百和,奉拳匪若神明。兒童逐隊,首帕紅巾,沿街嬉遊。中宮法力神殲鬼,北極靈符坎濟離。團符能閉槍礮。除戒軍裝同戲弈,條陳國計等棼絲。京官上條陳者,日數十件。畿疆門戶關宗社,誰是東郊畢保釐?

### 德使克林德遇害

自直督奏捷,軍民人等,舉國若狂。戕德使,攻使館。都城匪類,乘機煽惑,肆無忌憚。推原禍始,裕祿所奏,"擢髮難數"。後來查明,天津拳匪攻紫竹林,並未毀一洋房,傷一洋人。捏報捷音邀功冒賞,貽誤大局。中國軍政之壞,悉坐此弊。

天驕非我族,竟廁衣冠中。呼殿入官署,狒狒來威風。議據大沽壘,氣焰凌長空。誰知健翩鍛,如鳥羅樊籠。無故奪我地,自知情詞窮。悻悻出門去,鞍馬誇青驄。蓄怒誰氏子,一礮聲隆隆。虬髯碧眼者,登時殞其躬。德使克林德赴總署,議據大沽礮臺,總署王大臣以理折之,莫能置辨,含怒而去。甫出署門,有旗兵開槍一擊,中其頭腦,登時殞命。斯禍實自取,天刑衆鏑叢。嗟爾不自量,罔感天恩洪。

### 甘軍圍攻東交民巷各國使館二十五日

聖朝柔遠人,覆載同高厚。島國通商來,絡繹東西蔀。奉册瞻朝儀,邦交使命受。來賓館帝京,崚嶒插星斗。弗自量威福,驕盈獲天咎。火器毒生靈,兵威恃桓赳。劈山山爲開,鞭石石亦走。陵暴伏危機,遇窮壯亦踣。天道原好還,洩憤起黔首。甘軍乘亂機,烈火肆毒手。雄鷗傾樹巢,飛彈裂窗牖。坐困無一籌,黠狸閉穴守。莫謂乘人危,蓄怒固已久。

### 特旨命軍機大臣剛毅、趙舒翹馳赴畿輔
### 一帶察看義和團情形二十六日

聖主英明並日月,照臨羣情皆洞達。煌煌聖訓十六條,邪術異端嚴屏絕。

況復妖孛起畿疆，神咒靈符恣桀偪。毋貽後患驚燎原，星星之火宜撲滅。深宮眷念時事艱，詔下重臣嚴察奪。重臣附勢倚親藩，固寵希榮妄翹舌。持械橫行千百群，妄許匪徒爲義烈。妖狐黠鼠乘亂機，竄入都城勢難遏。拳匪起事，兩宮深以妖言煽惑爲慮。藩邸力持民心固結之説，宜藉此以驅逐外人。聖意又以烏合之衆，恐難深恃，特命樞臣剛毅、趙舒翹馳赴畿輔，察看情形，據實覆奏。剛、趙兩人皆曾任封疆，一由廣東巡撫，一由江蘇巡撫入參機務，豈不知妖術惑衆，理宜嚴拏懲辦，以遏亂萌。特以藩邸爲大阿哥之本生父，不敢齟齬，阿附權臣，不顧大局，遂致釀成巨禍。喪心昧良，二人之罪可勝誅哉！吁嗟乎！揭竿草寇古有之，胡爲親藩祖妖孽？剛趙皆身任封疆，入告宜伸大義折。不諳時勢猶可言，明知故縱又何説？權奸罔上行其私，朋比只圖厚祿竊。宗社安危置罔聞，坐使中外禍胎結。春秋書法誅奸諛，臣子首亂必直揭。一死不足以蔽辜，若論其罪當磔裂。

## 毀宣武門内天主堂

粤昔明神宗，異教相標榜。島國聞風來，救世恢天網。朝臣乏遠謀，金幣頒内帑。敕建天主堂，規模極宏敞。賓之帝京中，法徒沐上賞。毒蠱遺千年，宣教應如響。教民恃護符，橫行肆其黨。凌虐閭里中，無分直與枉。衆憤不能平，挺身慨以慷。積薪高如山，一炬袪魍魎。踉蹌三五群，活命輒稽顙。槎枒十字架，灰燼乏靈爽。飛陛高巍峨，一朝委土壤。

## 密旨召粤督入都二十七日

魏絳善審機，和戎有奇策。仗節馳馬關，干戈化玉帛。雖云失主權，究解蒼生厄。深謀鑒前車，慎毋蹈覆轍。或命爲全權，歐洲賦行役。或爲城下盟，弭兵仗碩畫。曲突謀徙薪，莫使爛其額。無何回電音，失機空歎惜。大局難轉圜，殺身實無益。天津失守以後，電旨飭令迅速入都。粤督由申江回電十六字云："保護使館，尚可轉圜。倉卒赴難，殺身無益。"逗留在申江，優遊意自適。急難歌詩篇，兄弟義猶迫。矧受豢養恩，奈何同路陌？

### 密旨召巡視長江李秉衡統兵入衛同日

畿輔妖氛熾,都城作戰場。內侵周獫狁,入衛郭汾陽。烽火中原震,輪艘渤海揚。聯軍刑白馬,歐洲各國立約聯軍東來。浩劫付紅羊。夏甸空兵衛,秋墳哭國殤。軍麾馳赴闕,尅日掃欃槍。甲申中法之役,李秉衡頗負重望。此次統兵入衛,救焚拯溺,同深殷盼。厥後持節出都,全軍潰散,殉節通州,大局糜爛,都城遂以失守。

### 密旨飭各省將軍督撫調兵勤王同日

國家額兵八十萬,廿二行省建屏翰。歲糜國帑億萬緡,預備不虞弭禍患。將軍督撫蒙厚恩,太平無事受養豢。京國天下之本根,倉卒黃巾起變亂。一呼百應揚妖氛,擾擾難圖慨滋蔓。焚燬耶穌天主堂,復與外人構奇難。外訌內患紛沓來,轉瞬大局將糜爛。鈴騎飛調勤王師,深宮手勅頒符券。上固宗社於苞桑,下拯斯民於塗炭。羽書捧到皆倉皇,稽察軍籍空者半。檢點軍器亦無多,爭購槍枝造丸彈。平時兵餉無蓄儲,疆臣昕宵仰屋嘆。遷延數月難成行,一朝胡塵動地坌。盲風颭爾陰霾凝,滄海橫流皆渙漫。獨貽宵旰至尊憂,諸君何以答聖眷?

### 王府設壇二十八日

巍峨邸第,龍綬四懸。登壇拜將,集衆習拳。桓桓士氣,纏纏薰煙。離精下馭,肅拜座前。霜棱手握,腥帕頭纏。革韡趫捷,窄袖卓鮮。虔奉神籙,祜召於天。一軍皆驚,氣象萬千。有如淮陰,睥睨控弦。殲厥強虜,奠厥河山。恍兮惚兮,靈貺周旋。王府設壇之後,拳匪佈滿都城,妖風愈熾。

### 軍務處四首 六月初一日

書生紙上屬空談,詔下詞臣帷幄參。大局決裂,詔開軍務處。余與同館汪君詒書、王君龍文,均委軍務處總辦。安得湘鄉諸宿將,掃除髮逆定東南!

#### 其二

搏虎空拳舉國狂,京營烏合抵龍驤。潼關未破軍先潰,誰握哥舒半段槍?

### 其　三

團神奇技等黔驢，附和樞臣計更疏。拳匪之禍，主之者貴邸，附和者政府諸臣。莫謂儒生半迂腐，先機空擬萬言書。余在軍務處，自知大局難支，無濟於事，本擬告辭，遷延浹旬，未及到差。擬封奏兩件，極陳義和團之不可恃，因掌院袒護拳匪，雖請代奏，勢必格而不行，是以中止。

### 其　四

畿疆形勝本天雄，爭奈津門鐵軌通。胡騎內侵逼京邑，有誰汗馬立奇功？

## 義和團攻東交民巷各國使館初三日

甘軍勁旅三十營，武衛後軍董福祥統帶甘軍三十營。貔貅列隊鳴鐃鉦。外人鼠竄困都城，使館孤立無援兵。無數雄獅撲孤兔，夷礮一轟死無數。甘軍歸咎義和團，臨事胡爲轉疑懼？團匪憤憤氣不平，各握空拳奮一怒。揮旌誓必殲此酋，五城絡繹聽調度。甘軍圍攻使館，未能得手，死者無數，歸咎義和團爲首禍，何得袖手旁觀。由是團首調集各團，定期攻使館。白日鳴鞭走地雷，靈符神纛懸高臺。帕巾握劍爭羅拜，跪迓離神南方來。神咒喃喃出天竺，薰香纚纚聞上台。是日義和團集衆在正陽門內棋盤街，焚香念咒，向南叩首請拳神。圜立如牆束短褐，凌厲無前向空闢。神拳跳躑銳莫當，一注力圖全采奪。斯須洋礮破空來，倒卓旌旗行蹩躠。前鋒殲盡尸隱人，後隊狂奔如飛鵲。礮聲耷驦驚飛濤，錯愕交奔同擲梭。衣襦不完面焦黑，大海無風翻巨波。義和團進攻使館，外人發礮轟擊，殲百餘人。後隊狂奔，自相踐踏，復斃數十人。遺烏墮巾氣頹憊，赫赫神兵遭毒蠆。神不滅鬼鬼滅神，呼吸頓分人鬼界。東西使館巍然存，大局于今更敗壞。街談巷議多咨嗟，黟頤沉沉飾龍瞶。義和團攻使館潰敗之後，市井中人皆慄慄危懼。政府復多方掩飾，附和藩邸，不顧大局，實從古以來未有之奇變。

## 張　德　成

團首張德成，妖拳獨著名。本屬無賴子，結黨揚膻腥。一朝變亂起，邪術侈神兵。登壇立大帥，誓衆爲主盟。畿輔義和團，奉天津張德成爲盟主，稱爲師父。曹、李諸人,稱爲大世兄、二世兄。滅洋標宗旨,餘孽遂縱橫。扶清抱忠憤,姓氏動公卿。開府將軍貴,白衣相抗行。握劍入督署,客座輝妖星。獸哉夫己氏,冠冕下堂迎。張德成詣天津督轅,稱有秘密要事面商。直督衣冠躬詣大堂,延入客座。神符爲護衛,盛氣高崢嶸。旁若無人概,大言一座驚。水宮能濟火,槍礮閉不鳴。義氣匡君國,感格由精誠。獸哉夫己氏,慰勞逾恒情。軍中如兒戲,霸上空列營。不學恥無術,禍端自此萌。我時聞斯語,慨焉爲涕零。

### 統帶武衛前軍提督聶士成在天津八溝殉難十二日

胡騎縱橫陷八溝,羽書入告至尊憂。危星竟中飛槍陷,八溝之戰,士成中礮而殂。警電遙傳急火流。獨旅無援空感喟,前愆追咎太苛求。昭昭功罪非難定,究與偷生勝一籌。聶士成殉難,雖奉諭旨,照提督例賜恤,有咎其部下暗通洋人者,有咎其練兵多年不堪一擊者。夫部下既暗通洋人,何以主帥死於洋人?此不待辨而明也。如謂練兵多年,不堪一擊,何以武衛五軍,□□統帶中軍,宋慶統帶左軍,馬玉崑統帶右軍,董福祥統帶後軍,除軍機大臣外,董福祥奉旨守城,宋慶、馬玉崑皆臨陣脫逃,不特不堪一戰,並未經一戰,乃不科其罪,而反旌其功。政府袒護私人,變亂黑白,大局安得不壞?可嘆!可嘆!

### 甘軍毀翰林院

翰林院後門,與英國使館後牆相鄰。甘軍自五月廿五連日設計圍攻,至本月十四日,死將弁七員,兵一千五百餘名,而英國使館依然無恙。由是議毀翰林院,從後路以開花礮連環攻擊。

當年臨幸翠華新,春殿從容覲紫宸。高宗朝,御駕常幸翰林院。朝侍清班排玉笋,夕聞浩劫付紅塵。是日翰林院直日。傳言倒柄持藩邸,爭咎迂謀出相臣。祕府琳瑯空一炬,強鄰威悍祖龍秦。御賜殿版書籍皆付一炬。

### 天津失守十八日

雞聲喔喔天未曉,傳號開城聲縹緲。傳來口號操洋音,守門兵心亂如攪。登城下望軍中裝,官樣軍裝看瞭瞭。開城門,開城門,城門　開天猶昏。碧眼虬髯現真相,觀面錯愕飛驚魂。洋兵先製中國號褂千餘件,十八早,假飾官軍,傳武備學堂所習洋人口號，令開城門，守城兵丁誤中其計。大官酣睡瞶不聞，斯須巨波翻乾坤。大官夢中忽驚起，突出北城，不衫不履，掩面低頭，跟蹌顛僕奔數里。東城烽煙，火光燭天。西城鈴騎，如箭離弦。老稚婦孺，狂奔相追扳。呼爺喚兒，哭聲如潮赴巨川。西門北門，擁擠狼籍如崩山。官家兒，閨中秀，步履蹣跚。泪亦不能墜，口亦不能言。躄躄其足，死灰其顏。拼命擁出津城外，遙見宋馬兩大帥，喘息漸定倚道旁。仗爾官兵爲護衛，詎料宋大帥，馬大帥，兩軍倉皇爭拔隊。息鼓偃旗，全軍奔潰。天津失守，馬玉崑逃至北倉，宋慶逃至楊村，直督亦赴楊村依宋慶。同聲喚奈何，戟指空怨懟。吁嗟乎！身膺疆寄，手綰軍符，王章亦凛凛，城亡身與俱。臨難惟苟免，冀以全其軀。貽誤大局，免死須臾。宗廟社稷，顛危誰扶？大官之肉，其足食乎？

## 武　庫

調軍如蟻，儲械如山。礮輪霆迅，礮彈星攢。委以資敵，倒柄自殘。敵入武庫，環聚而觀。依法試驗，命中實難。連珠轆轤礮名，敗窳不完。付之一炬，毋遺後艱。北洋製造槍礮軍火，皆儲之北門外武庫。天津失守，洋兵試驗武庫軍械，無一合用，遂縱火焚毀。山崩地裂，煙黑霞般。虛糜國帑，飾彼愚頑。誰承其罪，嗟爾監製之官！

## 停攻使館二十日

本期釜底逐游魂，誰料巍峨使館存。怒氣揮拳名相國，衝鋒爛額老軍門。暫消京國兵戈氣，幸沐中朝雨露恩。寄語天驕蠲夙怨，從茲睦誼願同敦。天津失守以後，主之者恐大局難支，請旨飭董福祥停攻使館，並飭慶邸赴總署，備文慰藉。嗣各使臣回文，倔強逾恒。先是，甘軍停攻使館時，外間謠言，皆謂使臣死於火坑，至是始知無一受傷。使館惟法、日焚毀，以外皆無恙。

## 送瓜果廿三日，慶邸致瓜果十二車，以饋各使臣。

天道有錯午，坦蕩之中多險阻。敵人意氣同驕雲，一朝失勢等囚虜。胡女灰其顏,胡兒慄其股。虐火揚洪爐,危機伏強弩。妖神驅魅難脫逃,有如市中狎猛虎。暴雨忽住天開晴,電光收斂雷無聲。網罟開一面,應幸死中生。疇料碧眼者,故態更橫行。和戎有藩邸,玉帛化戈兵。有瓜有瓜,有果有果,車聲鄰鄰炙其輠。爲恩爲怨亦恒情,無詐無虞惟爾我。慶邸在總署多年,與各國使臣甚契洽。此次送瓜果,皆喜而納之。藉以聯邦交,藉以弭巨禍。惟彼有恒性,變詐本無常。倔強俗所尚,何有肝與腸?養惡如養鷹,飢附飽則颺。援兵猶未至,旦暮且徜徉。轉瞬胡塵入京國,有如天馬脫勒爭騰驤。

## 京官出都

天津失守,京官人人自危,有送家屬出京者,有挈眷回籍者。雖近規避,然其中儘有宦橐蕭條,旅費難籌,出於不得已者。

久踏京塵薄宦羈,米珠薪桂本難支。況逢遍地妖氛起,誰是回天獨力持?上相迂疏籌下策,孤巢搖落掛危枝。尾胡跂蹇知多少,讀罷天書涕淚垂。二十三日奉上諭,各衙門京官,未經告假,擅離職守者革職。自六月初一日以後,告假出京者,將來銷假,從前資格,一概註銷。

## 諭旨停止鄉試并飭各省試差回京

二十五日,由兩江、兩湖奏請。

獰獰天狗侵紫薇,武曲星掩文昌輝。疆臣戢翼保吳楚,胡虜聯隊攻京畿。江、鄂兩督與各國互相保護,由是英、俄、德、法、美、日、奧、意、比共十一國聯軍破都城。初張妖焰毀詞館,復然餘灰焚棘圍。文人手無尺寸柄,畢竟此罪將安歸?

## 點名二首

廿六日,掌院崑、徐兩相赴西四牌樓鑲紅旗官學,傳集詞臣當堂識認。到者編入在京名冊,不到者編入出京名冊。

妖團殺敵競驅神,其奈外兵破析津。天津失守以後,其相又以民心固結,義和團實足驅除洋人,當堂高談闊論,聽者皆掩口而笑。上相不籌軍國計,只編名冊點詞臣。是日京中各衙門皆點名,惟翰林院及刑部稽察最嚴。

## 其　二

析津城內哭聲哀，岌岌都城亦殆哉！獨怪相臣昏且瞶，不聞鼙鼓震天來。

## 勤　王　師

統帶勤王師山東夏辛酉至滄州，聞天津失守，逗留不敢前進。河南蔣尚鈞，陝西升允到保定，不敢前進。江南張春發所部沿途潰散，臨時招募。湖北姜桂題始終全無信息。

勤王敵愾統雄師，疇出奇謀制悍夷。矢已在弦機必發，鐵難鑄錯悔休遲。都門謠言四起，民房鋪戶，十室九空，惟京官、旗人困處其中。勵精圖治翻成亂，敵愾同仇竟伏雌。升允、蔣尚鈞既到保定，軍務大臣札飭在楊柳青一帶擇要駐紮，兩軍畏葸不敢前進。全局河山爭一著，漫教浩劫落殘棋。

## 漢　奸　自　首

毛角獸之類，甘為敵虜役。漏師赴析津，求援解殘厄。破曉出都門，飛書冒兵革。暮抵通州城，荒廟暫棲息。睡覺聞晨鐘，天良發肝膈。華人通敵情，問心天理逆。大雨如傾盆，雷聲起霹靂。是日雷雨大作。當機一回頭，轉念布忠赤。自首投營門，雖死亦不惜。使館停攻以後，洋人不敢出門，而服役之華人，則照常來往。有本京人住東單牌樓趙二者，在英使館服役多年。外酋遣其送信至津乞援，是夜宿通州，忽然變計，赴軍營自首。營弁詢情由，悉心為盤詰。密緘軍中詞，雨具裝素尺。敵書在筒中，登時利刃劈。西文盤蚯蚓，難辨點與畫。遣送軍務處，亦莫辨鳥迹。惟彼同文館，有人為翻譯。急切乞援師，轉瞬絕糧食。幸有許達官，相助來將伯。乘間饋米薪，微命保朝夕。漢奸趙二供稱，敵信裝在雨傘竹柄中。營弁當堂劈開，不曉洋文，送至軍務處，亦莫能辨，乃交同文館翻譯生譯出。信中備陳坐困情形，幸有中國侍郎許大人接濟糧食，不然皆已餓死矣。據情先入告，請旨為定奪。漢奸幸無罪，加恩實破格。余時閱斯函，懷疑終莫釋。余初閱此信，疑為外人施反間之計。嗣以外人所恨者為端莊、剛、徐數人。至所通許大人，乃總署大臣，素與外人聯絡者，何為陷之死地。厥後許、袁諸人既罹大辟，乃信外人設計，欲令總署諸人與剛、徐自相攻擊，以紓其困。不知當時倒持魁柄，許、袁諸人，豈足與敵？此又外人之未深知情形耳。

## 名　帖

甘肅藩司岑春煊統帶勤王師到京,以"愚弟"名帖謁董福祥。却而不見,竟成嫌隙,遂以岑所帶兩營調至察哈爾防堵。予在黃巖館,與岑同席。岑大發牢騷,謂董既無節制全軍名目,渠乃甘肅藩司,是董之父母官,非董之部下也,以"愚弟"名帖拜謁,實無錯誤,何董之妄自尊大也。予曰:"君之赴察哈爾,乃是極好信息,行見楊村將棄甲而逃矣。"厥後都城失守,聖駕幸宣化。岑以千人由張家口恭迓聖駕,隨扈西幸,因此仰邀聖眷,恩命頻加。眼前得失,毋庸介意,固如此耳。

邊塞旌麾度玉關,雄師入衛動天顔。軍中投刺翻成隙,口外移師竟賦閒。察哈爾在張家口外。敗局難收同戲弈,陣雲一壓等崩山。通州失守,董福祥部下甘軍紛紛潰逃。重臣意氣空爭執,誰抱忠忱任鉅艱？二十年來,京外重臣心存妒忌,各執意見,鮮有實心爲國者。時局日壞,職此之故。

## 三督封章 兩江、兩湖、閩浙。七月初一日

京師天下之元首,南北洋如左右手。昔時海賊揚鯨波,閩越會師殲逆醜。道光年間,海賊蔡牽在閩、浙海面劫掠二十餘年,黨羽甚衆。水師提督李長庚,會同浙江水軍合力兜剿。事平,封壯烈伯。中興諸將收金陵,湘楚雄師尤赳赳。中原大局繫東南,特簡重臣寄封守。何來妖孛起畿疆？斗極閃閃飛天狼。恃衆乘危構奇難,紛紛胡騎爭騰驤。西歐東倭合勁旅,螳螂一臂安能當？三督聯銜陳上策,老臣儘有回天力。理宜痛哭扶顛危,抵死力爭死不惜。胡爲詞氣多囁嚅？空言塞責同迂儒。騎牆意見存兩可,審時度勢爲良圖。拳匪變亂之時,不必高明特識,始能見事于未萌,稍有知識者亦知大局將傾。江、鄂兩督,爲朝廷所倚重,理宜痛陳利害,抵死力爭,乃聯銜會奏,摺中只云現在兵力不足,請旨審時度勢,隱約其詞,依阿塞責。嗟乎！以江、鄂之重臣,猶避權貴之鋒,不敢觸其怒,其餘概可知矣。當二督會奏之時,外間揣度,以爲兩江、兩湖既與洋人互相保護,勢必痛斥義和團之不可恃,因此參劾兩督者,不一其人。余在軍務處閱其奏摺,實多模棱兩可之言。吁嗟乎！春秋之時韓獻子,進規元帥寓深旨。專罪不如六人同,謗有可分過可委。當局首鼠持兩端,後世聯名自此始。堂堂節鉞封疆臣,軍國大計可直陳。宗社安危繫一息,慷慨尤宜大義伸。鼎鑊刀鋸原不避,何論履尾與批鱗！成則同功

敗同罪，家國毋乃同越秦。夙負物望猶如此，中國安得謂有人？聯銜會奏，乃疎逖小臣懼攖巨禍，往往藉此爲分咎之地。江、鄂兩督，夙負物望，有言必聽，有請必行，何難專函入告，慷慨力爭，乃亦蹈此委靡之習，毋乃貽笑高明乎？

### 開城濠 初三日

開城濠，八旗兵丁如牛毛。歲月游食空蹉跎，腰帶弓鞘技無他，調遣五城服其勞。從軍荷鍤不荷戈，八旗都統以京營孱弱，不足禦敵，倡議調至城外開濠。欃鋤矜棘亦無多。京兆尹，敵愾同袍，五城木廠皆搜羅，一朝堆積如山高。旗兵呈請開濠，器具無從購取，即由軍務處札飭順天府尹，傳集五城木廠，將各色器具暫行借用，事平領回，限三日備齊三千件。嗣府尹覆文限三日內先繳一千五百件，五日內齊繳。開城濠，城濠未開翻巨波。敵騎臨城爭脫逃，都城內外，呼天喚奈何！旗兵出城，未及動工，而城已破。

### 關中會館

陳瑤圃京卿寓宅毀于義和團，移居關中館。余往訪之，見館中箱篋堆積如山，詢知爲甘軍在東四牌樓劫掠官宅，寄頓於此。

天地皆昏黑，官軍變盜賊。盜賊可執王法誅，官軍橫行誰捕緝？官法罔濟天理窮，白晝劫掠京都中。主人旁睨不敢動，發匱肱篋傾箱籠。官廝輪蹄爭奪取，香車油碧馬青驄。甘軍劫奪車馬無數，以爲事急之時，搬運脫逃。高官厚祿誇侈靡，昔日富貴同逝水。繁華極盛罹兵燹，天道循環有如此。都城王公大臣府第，或毀于義和團，或劫于甘軍，或掠于洋兵。盛極必衰，理固然也。

### 回信

初十日，馬玉崑飛報近日軍情。極言在北倉力籌扼守，佈置周密。軍務大臣將原信交軍務處，余代爲裁答。原信附後。

能戰乃能守，徒守虞失機。況復胡兵狡，巨礮攻重圍。欲除蜂蠆毒，迅奮雷霆威。誓師整部伍，分路各進取。北路遏其衝，西路擊腰膂。南路絕其援，吭扼背宜拊。大帥握軍符，尅日馳前驅。兵力亦已厚，軍威如火荼。縱橫十盪決，摧敵如摧枯。恢復析津郡,以斯爲良圖。用兵貴審機,毋徒守一隅。

## 附錄　回信

來書誦悉,津門失守,畿輔東南一帶萬分喫緊。我軍退守北倉,開挖河道,修築牆壘,東西綿亘二十餘里。並於要隘處多埋地雷,極力布置,以防洋兵北窺畿疆。辦理似屬周妥,然鄙意竊以爲未盡也。

夫善用兵者,能制人而不制於人。我軍麕集一處,以待其來攻,此制於人也。分路進兵,橫攻夾擊,此不制於人,而又足以制人也。

爲今之計,宜合各軍,聯絡一氣,申明紀律,分路誓師,同時進取。以南路夏辛酉等軍包抄其後,夏辛酉尚在滄州。以西路升允等軍橫擊其腰,升允、蔣尚鈞尚在保定。北路則以貴軍力遏其衝,克復津郡,保衛畿疆,此上策也。

現在蔣尚鈞一軍,已飭令於楊柳青一帶擇要駐紮。升允一軍,已飭令於獨流鎮擇要駐紮。萬本華不日將抵北倉,萬本華本在察哈爾,現在與岑春煊對調。與貴軍會合,以厚兵力。鑾帥李秉衡本日請訓,準十二日秉節出都,先赴楊村,與宋帥面商進取機宜,俾處統籌全局。惟東路之蘆台、北塘等處,尚屬單薄。日内擬札飭陳澤霖一軍,與呂、馮、胡、李相爲犄角。呂本元,直隸提督。馮義和、胡殿甲、李安堂,皆直隸總統。軍威既振,兩路並抄,足以斷洋人之接濟。前軍十七營,業經一併統率。聶士成殉難以後,所統武衛前軍,除死傷潰散而外,經馬玉崑點清,尚存十七營,均歸馬玉崑統帶。兵力既厚,進取較有把握。總期各軍互相聯絡,一鼓作氣,三面環攻,迅掃敵氛,以紓宵旰之焦勞,以膺渥優之懸賞。專此布復,實深殷盼。

## 楊　村　失　守

十二日,日本以二千兵,從後路襲陷楊村,裕祿殉難,宋慶脱逃。北倉聞楊村已破,全軍潰散,馬玉崑不知去向。

北倉厄要籌固守,日兵悍捷慣抄後。後軍摧陷前軍逃,文臣殉難武臣走。死如密窠焚聚蜂,生若狹巷逸瘋狗。畿疆倚此爲長城,猿鶴蟲沙化烏有。馬玉崑初十日來信云,扼守北倉,極力籌畫。甫越兩日,楊村失守,全軍脫逃,主帥不知去向,當軸亦置之不問。自古用兵,未有如此之離奇者。

總署大臣許景澄、袁昶奉旨正法許,吏部侍郎。袁,太常寺卿。十二日

袒護敵酋動衆瞋,大臣獲罪非無因。已看諸將皆焦額,獨自奇功任徙薪。天津失守以後,端莊、剛、徐及政府諸人,亦知大局必壞。許、袁之死,一由外人之反間,一由聯名封奏,自詡先見之明,致觸親藩之忌。弓落杯中幻蛇影,外間謠言,許景澄暗中接濟使館。疏陳天上逆龍鱗。議者皆謂,許、袁之死,專在封奏。其實遞封奏者,日數十件,忠憤之言,百倍許、袁,未嘗獲罪。即如軍機章京繼昌封奏中有云:"自古亡國之速,未有若此之甚者。"此何等語,亦未聞傳旨申飭。乃知許、袁之死,不在封奏。本期城破保室家,未及破城先殺身。總署諸人皆以都城既破,洋人必有關照,可免於難。

## 都城戒嚴

巨石當頭壓卵危,全師潰敗勢難支。渡河突騎來金虜,奪地先驅肆鮮卑。聯軍定期破都城,日兵包打前敵。海挈長鯨誰抵禦?韁收逸馬故紆遲。十六日,聯軍逼近通州。太后召見軍機大臣,定十七早,駕幸宣府,派徐、剛留守,慶親王及軍機大臣隨扈。榮相跪求,聖意稍回。此時宜合武衛軍登陴守禦,乃徒訛空言,甘軍聞風潰散。八旗弱旅爭逃潰,無復悲笳越石吹。

通州失守,李秉衡死之隨員編修王廷相殉難,部下陳澤霖棄師脫逃。十七日

大帥嚴紀律,將弁統雄兵。大帥登陴策諸校,將弁誓衆同死生。京通咫尺地,宗社所係洵匪輕。胡爲強虜陣雲壓?部將紛紛遁無形。全軍棄繻走,大帥空結纓。食祿盡君事,畢命投土城。當時詞臣猶赴難,投河憤激披忠誠。惟彼統兵陳氏子,臨危背義負生平。狗彘真不若,罪惡實貫盈。嗚呼!大帥不免有遺憾,平時識短知人明。枯根已自蠹,疾風那不傾?空嗟大事去,殘局誰支撑?臨難惟一死,一死非完名。

## 總署大臣立山、徐用儀、聯元奉旨正法
立,戶部尚書、內務府大臣。徐,工部尚書。聯,內閣學士。十七日

明哲雖可保其身,奈何詡詡恃明哲?前車既覆後當鑒,復肆辯言蹈覆轍。
各國聯軍既破通州,京中臨時逃難者,出東南城,多死於洋兵,出西北城,多死於義和團。困處都城者,自分城破之時,必死於難。惟總署諸人,頗有所恃而不恐,因此觸怒兩宮,先戮諸人於市。

## 都城失守二十一日

強胡十國聯軍來,陣雲黑壓黃金臺。巨礮連環競攻擊,十丈堅城一劈開。兩宮聞變倉皇出,槍林彈雨飛氛埃。東城火鴉拍煙起,礮彈開花恣焚毀。赤櫨一掃成灰塵,千家萬家火坑死。印度悍兵如妖魔,劫掠橫行滅天理。北城日兵奮貔貅,圖劫聖駕爭奇謀。聖駕突出西門外,直指海淀馳驊騮。悍捷日兵氣百倍,繞出西城截驛郵。神駿片刻馳廿里,日酉入宮遍搜求。日月爲輪龍爲馭,穹蒼默宥蒙神庥。廿一黎明,印度兵破我東便門。日兵趫捷,獨繞後門,圖劫聖駕,以巨礮轟開地安門,毫無影響,遂由城根繞至西城。惟時聖駕已出西直門,至海淀矣。須臾聯軍入大內,天地昏黃日光晦。千軍萬馬馳驚颷,卷霧捎雲颯蛇䗽。狰獰奇怪紅衣魖,頎長身蒙虎皮䌼。滿城白晝飛赤燐,廣廈華堂起妖孽。奉旨守城武衛軍,驚悸馳出彰儀門。董福祥窮日之力,奔兩站至易州。中軍統帥棄繻走,幸脫虎口飛驚魂。京營旗兵十餘萬,什什佰佰投戈奔。臨難全軀保妻子,自問毋乃辜天恩。嗟余微命等蟻螱,兀坐空齊同桔桎。手無寸柄空激昂,搦管高歌負強崛。兩宮聖駕且蒙塵,微生何敢抱憂恤?翹首遙望天西雲,宮車何處駐鸞蹕?我來當哭歌長篇。庚子七月廿一日。

# 百哀詩卷下

### 武　衛　軍

武衛十萬軍，聞風悸戰魄。紛紛向西逃，勤王師絡繹。狂飆掃秋籜，京營棄矛戟。事變起須臾，謀臣乏良策。傳聞萬乘出，西征賦行役。兵氣盪晨煙，哀聲裂地軸。衣冠成土苴，東倭最充斥。九廟皆震驚，熱焰城堙赤。誰掌神策兵，甲仗委荊棘？烽火騰長空，豺狼起肘腋。臨難無怨尤，物理有通塞。

### 劫　　數

廿年國步構迍邅，欲賦西征阻站鳶。正祝臺萊登壽寓，六月廿六日萬壽。忽驚烽火逼甘泉。危巢自覆非因雨，劫數難逃欲問天。此次非常之變，皆王公大臣自取其咎。聞道鑾輿馳海淀，淒風時帶犬羊羶。傳聞日兵西向，追劫聖駕。

### 疆　　臣

疆臣護敵詡深謀，社稷誰分聖主憂？秋雨一天霏躔路，廿一日午後大雨。胡塵千騎暗神州。狐憑鬼蜮穿壇廟，烏怯狂飆匿戍樓。忠愛九迴腸已斷，秦雲燕樹炯雙眸。

### 分　段　管　轄

廿一日，洋兵初破都城，焚毀劫掠，慘無天日。至廿五日，各國會議，分段管轄，出示安民。余寓南柳巷晉江會館，原在美國管轄之內，不甚騷擾。八月初五日，以騾馬市以南，劃歸美國；騾馬市以北，統歸德國。由是日日到寓，擄人掠物，一掃而空。

胡塵滾滾揚腥風，狼心獸行天理窮。搜倉掘窖傾盎缶，驅男撻女鞭疲癃。赤槥一炬地維裂，滿城燐火綠不紅。敵酋慘目亦心悔，犬羊忽發人心公。出示安民懸厲禁，墨書朱印中朝同。敵酋巡街跨青驄，入夜兩從提燈籠。千門萬户燒高燭，滌垢除穢删髯叢。敵酋逐日巡視街衢，晝則掃地潑水，夜則門首懸燈。鷙忍梟雄執矛戟，勢如喫（獘）狗聲如狘。瞋目戟指張饞吻，富室寒門一掃空。

掃　地　御史某被洋兵捉去，勒令掃地。

衣冠罹奇厄，掃地慨斯文。觸邪鋭廌角，角折犬羊群。歸來濯手足，手足皮已皸。櫼槍騰妖彗，無計掃胡氛。

拉礟　車内閣某被洋兵捉去，勒令由彰儀門外拉礟車赴琉璃廠。

車聲轔轔如激湍，廝役隊裏厠衣冠。巨礟口徑十餘寸，漆黑平地蛟螭蟠。風輪轆轆展雙翅，敵酋殿後雄據鞍。飛騎逐人人力竭，中有一人獨蹒跚。嗚呼！以人代馬紂爲虐，況乃堂堂中朝官。

藏　身

西兵每日巳刻到處捉人，勒令作苦工，或挑水，或洗衣，或擦礟，或拉車，至申刻釋放。余與璞生中翰、梅珊太史同寓晉江館，每聞敲門聲急，即避匿後院草叢中。故京官多有被捉者，余三人皆倖而免。

由來天道多屈伸，兵劫最慘是胡塵。未遭殺戮亦云幸，漫怨天心太不仁。空城白晝絕烟爨，城破自分鬼爲鄰。誰知奪命兵戈際，劫擄日日罹艱辛。中夜攛牀恨不死，曉來轉復蒼昊嗔。蜷伏叢茸等餓蝨，敗衲何處堪藏身？

窮　途

西兵兇暴，日日劫擄，不堪其苦。有老僕素與東月牆東光裕車廠相識，請到貫市賃輿赴西安，乃與璞生中翰出城。行二十餘里，被武衛軍截途搶劫掠，並衣履亦將奪去。僕人餂以甘言，乃止。時日已西斜，脚力已憊，進退兩難，乃望前村投宿，村名土井。次晨起行，長途困頓，步行四十餘里，薄暮至貫市，囊空如洗。住數日，又復入城。

劫數恒莫逃，命途多坎坷。瘦鶴羈空樊，奮翮脱其禍。誰知豺與狼，張爪攫道左。嗟爾誠無良,逼余解衣裸。老僕善説辭,點頭默許可。日暮途又長,宵行更未妥。投宿荒村中,草茵肅宵坐。晨起復行行,力憊腳疲跛。薄暮抵貫市,主人情詞頗。妙手空空來,款洽日漸惰。宿糧無可炊,爇薪炙包果。俗呼玉米爲包果。重賦歸去來,癉人詩哀我。

## 貫　市

飄搖風雨撼蝸廬,連日風雨,茅屋數椽,勢將傾塌。忽遞愁城痛哭書。余與璞生赴貫市,梅珊仍在晉江館。昨日來信,備陳困苦情形。聊復居停依貫市,驚聞潰卒劫鑾輿。謠傳聖駕至宣府,輜重爲武衛軍潰卒劫掠而逃。巢傾燼羽啼林鳥,地避荒村慨釜魚。聞夷兵將至貫市,居民慄慄危懼。屈計迷途猶未遠,終當冒險賦歸與。余與璞生議定日内入城。

清真寺七月廿一日,聖駕駐蹕貫市之清真寺。

清真古寺駐鑾輿,野老歡欣獻旨蔬。報效千金供御用,東西光裕兩車廠,各報效千金,騾車二十輛,特旨賞給千總補用。轉輸百石發倉儲。詔發陳米四百石,供行在御膳。艱難懋愆開言路,涕淚縱橫讀詔書。山西道中諭旨,有"素衣將敝,豆粥難求"之語。太息疆臣受恩重,養尊衙署各深居。

## 回　城

道邊老稚半鳩形,宮殿巍巍作虜廷。日兵住頤和園。陵寢東西罹殺氣,洋兵爭赴東西陵,劫掠寶物。宸垣内外動妖星。我因避亂鬚添白,人獲酬金眼轉青。貫市村人有馱蘋果入城售與使館者,手執洋旗,城兵不復稽察。余隨之入城到館,酬以數金,歡謝而去。舉目河山非昔日,有誰流涕泣新亭?

無米行城中糧食斷絶,無可聊生。

白日欹枕清夢長,酸風淅瀝攪饑腸。睡起呼僮供夕爨,空瓶倒傾無餘糧。燒薪汲水煮苦茗,一甌清沁如瓊漿。杜陵詩編手一卷,再歷餓鄉入睡鄉。

### 哭崇文山師葆紹先世兄

輔導青宮侍紫宸，都城烽火動胡塵。闔門殉難忠兼節，文山師殉節保定蓮花書院，紹先世兄在都闈室自焚。絕命貽書義與仁。師殉節時，以書貽榮相。元舅崇封聯帝室，深宮優詔恤儒臣。宋家信國輝青史，名字知公是後身。

### 哭侍御宋養初同年承庠

浩然正氣塞乾坤，執法星韜返九閽。問訊猶存餘瀋墨，公于五月初來信，索余書屏幅。易名未荷飾終恩。公殉節後，交部從優議恤，未荷易名之典。案嘉、道年間，有貳尹夫妻殉難，並邀易名。御史雖五品官，然爲天子諍臣，非六部翰林院可比。甘泉烽火飛忠魄，鳶綉襟裾濕淚痕。七月廿一夜，胡兵毀地安門城樓。公疑是大內，不知聖駕已出西直門，北望痛哭，旋更朝服，飲鴆殉節。盡日西風更嗚咽，寒燈閃閃讀招魂。

### 上　　相

上相講理學，自詡程與朱。其或談經濟，侈口唐與虞。一朝臨大節，惜死費踟躕。誰知罪莫逭，終難全其軀。天道有報復，斯理真不誣。

### 慶邸入都各國會議，請慶親王入京，商酌和議。

親藩顧盼懍雄風，前導胡旌映日紅。敵兵排隊，在頤和園護衛慶親王入城。我願越王思雪恥，人欣魏絳善和戎。全權詔許盟城下，狡計謠傳入彀中。挾制多方爭鼓舌，強胡難禦泰西東。

### 協巡公所美國以土匪假洋兵之威，明火劫掠，請街道御史協巡安民。

羯胡事反覆，狼子祛野心。愴念閭閻苦，保護兵森森。協巡立公所，中外同力任。雙眉苦日皺，聞此開胸襟。日高復酣睡，睡起獨沉吟。余已移寓同安館，公所去館不遠，皆美國地界。

### 閏　八　月

晚鴉號噪戍樓頭，詩挾淒風筆更遒。殿板佳編堆馬矢，驟馬市大街糞土中堆積殿板書。街衢破壁掛貂裘。洋兵劫掠貂褂，掛在壁間售賣。招搖閣道星流彗，閏八月十九夜彗星見。肅殺天機月閏秋。未獲麻鞋赴行在，苦吟難釋杜陵憂。

### 雨　雪 閏八月初九日雨雪。

御橋闌上插軍麾，鎮日都城畫角悲。草木變衰秋老後，山川含泪雪霏時。微官逐隊朝桑板，哀些招魂哭楚辭。胡馬縱橫穿禁闥，闕門左右任驅馳。正陽門、大清門、天安門、端門各門限，均札開。洋兵自永定門騎馬，直至午門前，分馳闕左闕右兩門。

### 王　五

鑣車廠王五，以義俠聞。甘軍攻使館，匝月不破，王五請開地道，以火藥轟開。都城破後，西兵聞知，將王五捉去，閉諸幽室，勒令以三千金贖之。王怒眥併裂，大呼生平振困救弱，誓無餘蓄。洋兵大恚，以洋槍斃之。

輪蹄交錯競喧闐，統制聯軍握主權。各國聯軍皆歸德帥哇德西節制。胡虜行刑戕俠客，越祠演劇狎先賢。浙江京官某，以越中先賢祠集優伶演劇。千倉天庾資強寇，萬軸宸章落市廛。內府御書，被洋兵掠出，堆在街衢售賣。悵望閩南雲水濶，懷歸空詠式微篇。

### 書　攤 前門外至天橋，皆列書攤。

霜高紅葉一林丹，烏集荒城落日寒。異類幾人諳譯語，通洋文洋語者，皆爲洋兵作爪牙。通衢兩面擁書攤。愴懷世變思投筆，未報君恩恥掛冠。翹望三秦勞警蹕，兵戈滿地行路難。

### 後點名 掌院崑相奉到行在諭旨，命查點翰林院在京者共有幾人。九月初九日

相臣傳點史官名，徒步通衢踽踽行。百尺龍樓標敵幟，東單牌樓兩面均懸各國

旗幟。兩行鸞駕導夷兵。洋兵開鑾儀庫,將鑾駕儀仗搬出,以一黑夷踞坐其上,沿街戲游。未能提劍殲渠寇,只爲耽書誤此生。縱效冤禽銜石意,何時填得海波平?

### 送葉梅珊太史由救濟船回閩九月十九日

京塵久困互相憐,航海南飛救濟船。一曲陽關一杯酒,羈鴻歸雁兩淒然。

### 遣 興 用杜工部原韻。

悲風徹瘦骨,舊侶孤雁歸。顧主鳴空櫪,謀生慨失機。余擬與梅珊同由救濟船南歸,因輪船擁擠不果行,今又悔之。奸謀狐鼠技,敵焰虎狐威。欲舞囊無劍,禦寒藉寢衣。余禦寒之具,均被洋兵攫去,由璞生處藉棉被一牀。《論語》:"必有寢衣。"毛西河注:寢衣,被也。

### 秋 感八首 用杜工部《秋興》韻。

九門虎旅萃如林,兵衛連營棨戟森。毒焰紅催鑾御出,陣雲黑壓帝京陰。空聞降賊哥舒策,誰抱渡江祖逖心?入夜秋聲更蕭瑟,空庭落葉雜寒砧。

### 其 二

旌旗掩映御風斜,弔古雄文誦李華。聲浪破空搖地軸,德兵在崇文門外演巨礮。汽球閃影泛天槎。法兵在宣武門外演汽球。中庭驚墜檐前鵲,大内悲聞塞上笳。日兵在午門内演軍樂隊。惟有胡塵飛不到,秋容澹盪一籬花。

### 其 三

寸心耿耿抱丹暉,自慨途窮命亦微。發篋群狼貪莫饜,寓中衣物,被洋兵劫掠一空。入籠孤鶴奮難飛。危城未破降幡樹,大帥先奔橐志違。不數衣冠爭媚敵,翩翩裘馬侈輕肥。

### 其 四

敗局難收失算棋,陳陶青板杜陵悲。喘延彈雨槍林内,鬼哭天陰日暮時。隨扈從官爭便捷,京官先時避亂出都者,聞聖駕西巡,皆由汴梁隨扈入潼關。勤王怯將故紆遲。已聞御蹕關中駐,渭水秦雲繫苦思。聞聖駕安抵西安。

### 其　　五

幽燕雄鎮壯河山，京國摧殘指顧間。印度兵攻東便門，日出而攻，未及日中而破。短小倭兵搜大內，倭兵短小精悍，獨繞後門，先搜大內。縱橫夷礮破重關。爭傳策獻和戎魏，無復軀捐罵賊顏。鑾御匆匆馳海淀，護軍不見羽林班。

### 其　　六

悲笳嗚咽麗譙頭，天氣陰含肅殺秋。苦調淒涼詩激憤，空城慘澹雨添愁。久沉音信傳鄉雁，六月以後，水路阻梗，未接家書。願息風波定海鷗。行在星雲空想像，旅懷何日詠秦州？

### 其　　七

憶昔平吳第一功，中興諸將起湘中。感懷鼙鼓思賢輔，愴念關河賦大風。斗極芒騰妖彗赤，梵宮火熾鬼燐紅。洋兵毀興勝寺。殷憂啓聖昭前鑒，失馬何煩惱塞翁？

### 其　　八

秦關百二路逶迤，回首星軺咏渼陂。灞岸柳縈深夜夢，華峰松挺後凋枝。余辛卯奉命典試關中。興情久切回鑾望，廷議未聞討檄移。誰是收京同李郭？勳書竹帛古今垂。

### 全權大臣入都九月廿七日

圍場獵犬來西東，眾鳥盡羈虞羅中。猰貐磨牙滿朝市，強虜氣壓燕趙風。上相威儀入京國，都人默計將和戎。天地黭慘忽變色，自詡整頓乾坤功。本乏佳猷況衰老，位高權重謀易窮。否泰回環不可測，綱維萬類歸蒼穹。

### 領　　俸

行在諭旨，命留京辦事大臣設法貸款，發京官冬俸，以資日食。又由南省救濟會匯款，分送京官，共得七十餘金，暫可支持。

傲霜殘菊滿階除，亂後空存插架書。朗誦毛詩投有李，翻歌馮鋏出無車。余赴柏林寺領冬俸，徒步來回，約二十里。俸分樊裏凋翎鶴，波及塗邊涸轍魚。胡虜肆筵修舊好,歡臚中外集襟袪。美國帶兵官在粵東館演劇設席,請京官某某。

### 洋兵赴保定殺直隸藩司廷雍

閏八月十五日,洋兵將赴保定。藩司廷雍請於全權大臣若何辦理,答以應即郊迎候。洋酋見雍,取雍冠擲之於地,挐入保府,錮諸耶穌教堂。九月初八日,驅至南城外撲殺之。雍臨刑嘆曰:"中了李某之計矣!"雍之長子及妾皆殉節。先是六月間,拳匪肆亂,有英國女醫名莫姑娘者,在保府設藥局,被拳匪殺斃在南城外,故洋兵在此地殺雍,以報女醫之讎。

藩侯乏先識,罹禍悔噬臍。畿輔大屏翰,一死均猪雞。廷雍之死最慘,令人不忍聞。尋仇洩宿怨,慘酷嗟狄鞮。全權膺朝命,水火出蒼黎。同是畿疆吏,曷爲相排擠?郊迎十餘里,委身餓虎蹊。昊蒼變昏黑,平地生溝谿。拈毫寫惻悱,筆下風淒淒。

### 各國會議聯軍西指威脅聖駕回鑾

槎枒老幹雪霜侵,燕薊浮雲變古今。罪己屢聞哀痛詔,和戎難饜犬羊心。妖星吐焰馳函谷,胡月爭輝入禁林。詩思年來多抑塞,愁中偏有短長吟。

### 偏　安　行在諸臣議建都長安。

群公下策建偏安,何日朝儀睹漢官?色相莊嚴三劫墜,護國寺銅佛爲前明内監所造,日兵愛其銅質極佳,鋸成三段,運回東洋。首段置諸正陽門内,都人環聚而觀。衣冠耆舊幾家殘。身居閑散言難越,人歷艱危氣愈完。獨與孤松爭晚節,盤根長耐雪霜寒。

### 花　車

西苑御用汽車雕鏤精緻,都人謂之花車。法兵以鐵軌驅入西華門,由闕石門出端門,置諸正陽門内。

安排鐵軌馳西華,鞭策市人作爪牙。的爍戎衣鏤金鎧,法人兜鍪,多鏤以金花。回環汽力流花車。遠道妖星握斗柄,荒城落日飛胡沙。都人顔厚不知恥,通衢搖曳夷服誇。都人多易洋裝。

## 會銜請聖駕回鑾

悽風苦雨哭聲啾,困處都城等楚囚。悸魄遙傳疆吏疏,江、鄂兩督會奏,請聖駕回鑾,摺揭中有"一聞聯軍西指,驚魂飛越"之語。切膚誰釋至尊憂?南來竹報心纔慰,接到家書。西望車塵涕欲流。太華峰頭秋隼過,關河歷歷憶秦州。

## 雜感八首

夜闌斫地起哀歌,插翅難飛奈若何?上相親藩迷左道,天球大訓落東倭。大內重器,均被日兵攫去。琳瑯秘冊堆泥土,嚴邃天壇慨黍禾。美兵在天壇設停車場。節鉞重臣皆縮手,何人洗甲挽天河?

### 其二

烏啼城上旅魂驚,巨鱷風過海未平。天庚紅陳資敵飽,禁門青瑣守彝兵。日兵守禁門。秦雲遠隔斷鴻影,宮樹翻傳畫角聲。日暮中庭倚修竹,心隨斜日向西行。

### 其三

橐駝輸運滿京都,龍種王孫走避胡。過市招搖嗔左袒,惑民謬妄咎中樞。抱才縱大原難用,建議雖高卻近迂。江、鄂兩督電致各國使臣,城破之時,毋驚我兩宮。不知洋兵殺戮,慘無天日,兩督置身事外,空言何益?不畏神人皆憤恨,強胡慘酷戮無辜。德國帶兵官住安徽會館,有人從後面擲石,碎其窗櫺,逞憤毀興勝寺及東南園、東北園民房。有二人在沙土園,見火光陡發,意欲逃避,德人疑為擲石之人,遂捉而投之火坑中焚斃。

### 其四

前罹蜂蠆後豺狼,西望長安道阻長。三策欷歔陳賈傅,卅年沉滯老馮唐。鐘鳴長樂含孤憤,烏集延秋噪夕陽。安得孤忠寇南仲,軍麾獨自鎖巖疆?

### 其五

紈綺王孫兆禍胎,紅羊燒劫盡成灰。神馳行在鐘初冷,身入樊籠翮未摧。禁苑門傳青瑣閉,都城人盼翠華回。朔風凜烈飛塵土,獨有愁雲掃不開。

### 其　　六

縱橫胡騎遍畿郊,搜掠村莊索酒肴。洋兵赴近畿,勒取牛酒。松棟巍峨虛殿閉,櫹槮的爍彗星捎。只餘萬卷書連屋,爭似三春燕覆巢。十萬天驕齊控弩,飛書威嚇入秦崤。

### 其　　七

身隨狗盜度齊關,戟指樞廷第一班。俠客袖椎埋博浪,悍彞懸牓索權奸。每逢異類眥皆裂,慨念中原淚更潸。翹望秦雲含變態,何時咫尺覲天顏？

### 其　　八

禁門誰是總戎機？橫豎鉤陳繞帝畿。壇廟新穿狐鼠穴,街衢時肆虎狼威。九城警戍聞哀柝,八國胡旌映夕暉。神策六軍皆棄甲,儒官獨自困重圍。

### 敵　　國

敵國縱橫日,中原震動中。京塵新涕淚,胡馬泰西東。松棟瞻虛殿,旌旗繞閟宮。幽燕無俠客,易水咽淒風。

### 鴻　　雁

哀鳴鴻雁困愁城,世變區區命亦輕。上相執迷傾社稷,親藩貽禍慘戈兵。悲風欲捲胡塵去,斜日偏留禁闥明。騏驥駑駘同一蹶,中樞誰是握鈞衡？

### 冬　　至

紫髯綠眼黑氈衣,趫捷西兵胡馬肥。人歷時危增定識,天於歲暮轉生機。聲翻樂府三絃斷,洋兵在前門大街聽盲詞。爐入葭灰六琯飛。好待陽和回北陸,枯根勁節抱春暉。

### 歲　　暮

歲云暮矣風颾颾,天寒淪落愁人多。乾坤慘澹少顏色,晉井無水翻波濤。

請君破涕漸爲笑，振刷精神聽儂歌。回環通塞有恒數，鳳凰不角麟不毛。霜鋋雪戟鬥未已，達官聯騎皆避胡。昔時梁肉飽欲死，避亂饑腸鳴轆轤。紛紛輕薄覆雲雨，十生九死天奈何！碧瓦朱甍雜砂礫，社稷宗廟生蓬蒿。閭閻倉皇裹稚乳，輿儓絢爛披綺羅。戰地嚴霜照白骨，一丘墳起如山高。我拈毫素歌未已，中有一人泪滂沱。自言胡兵破京闕，南中謠言日喧嘈。猛蛟突獸相傾軋，失群鴻雁將焉逃？婦聞殉夫子殉父，全家性命輕鴻毛。合肥黃君博農部，其子婦一聞都城失守，自以農部萬無生理，在家相繼殉節。終日愁城塊然坐，獨留一老鬚髮皤。遙望江南頻痛哭，憂心日日湯火熬。我聞斯語復扼捥，氣塞難將凍筆呵。滿坐聞之掩袖泣，崩雲壓屋木怒號。提筆崚嶒强自壯，歷盡嚴寒守舊柯。毋效楚囚相對泣，拔劍收取舊山河。

### 梅　花

戍鼓聲殘臘鼓催，縱橫虜騎起氛埃。梅花不受胡塵厄，猶自凌寒次第開。

### 金　臺

離離斜日照金臺，久盼崤函玉勒來。禁柳宮花漫搖落，多應抖擻待春回。

### 先立春三日

百卉摧殘虐雪霜，共殷歲律轉三陽。春風胡騎舒皆慘，冬日愁城短亦長。天閉迅雷難啓蟄，牢傾驟雨悔亡羊。薊門煙樹蒼茫裹，昨夜寒梅夢故鄉。

### 祀　竈

浩劫先機昧徙薪，朝來甑釜半生塵。昔時朱邸今灰燼，炙手嗤他媚竈人。

### 度　歲

眷念天人百感并，夜來坐對短燈檠。祇今臘鼓皆悽寂，無復鼕鼕唱太平。

### 除　夕

薄宦羇棲歲月遷，旅懷難遣況烽煙。悲笳哀柝淒寒夜，爆竹聲喧憶去年。

### 元　日辛丑

上方仙樂閟韺韶，彤日初懸徹絳霄。哭廟有人披縞素，朝正無復擁宮貂。晴雲眼底影繽幻，薄酒胸中磈塊澆。一洩真陽煦群物，迅雷霹靂掃天驕。

### 新　年

曉來枯坐一青氈，軍國關心旭日懸。無復朝儀行舊典，只餘詩卷入新年。諸君竟建偏安策，烈士空歌薄代篇。臺閣恩光今已遠，嗤他吉語耀春聯。閣學某依舊大書"臺閣恩光近，門庭喜氣多"春聯，貼於門首，見者皆掩口而笑。

### 東　風

劫兆繁華候，春生烽燧中。胡氛凌上國，殺氣入東風。林鳥驚棲綠，園花澹褪紅。鴻鈞新轉運，天氣漸和融。

### 啓秀徐承煜奉旨正法啓，軍機大臣。徐，刑部侍郎。正月初八日

兆禍權臣首從分，磋磨款議日紛紜。釀成軍國兵戈烈，阿附親藩氣焰薰。昨鑄刑書方執法，今罹天網等翻雲。去年七月，許、袁、徐、立、聯五人奉旨正法，皆徐監視。一朝簪紱歸塵土，黃犬空嗟上蔡門。

### 元　夕

通衢戎幕颭危旌，八國羌胡夜勒營。闃寂天街燈市閉，淒清遼宇月華明。招搖早弛金吾禁，憂戚應知玉汝成。回首我生幾元夕，兵戈難遣客中情。

### 積　　雪

積雪照白骨，葳蕤沒蓬蒿。犬戎上丹極，梟獍爭喬柯。陰陽一錯亂，動植半蹉跎。杜陵吞聲泣，對此當如何？

### 傷　春八首

融和淑氣轉鴻鈞，坐困偏愁物候新。古木飄搖鳩翼子，空梁寂寞燕依人。誰知京國傷心地，盡在年華滿眼春。到處兵戈飛輓阻，況逢饑饉遍三秦。<sub>關中大饑，糧價騰貴。</sub>

### 其　　二

東窗睡覺日高懸，氛祲中含淑景妍。堂上新泥添燕戶，城闉敵壘噴狼煙。每翻騷楚歌山鬼，重拾殘罌種水仙。園鳥驚心花濺淚，傷春疊擬杜陵篇。

### 其　　三

宮鶯依舊囀新聲，雨濕旌旗乍放晴。花柳都含無主淚，風霆日作不平鳴。細推氣數頻吹律，慨念時艱願請纓。鴻雁不知陵谷變，三春猶赴北征程。<sub>佐貳某入京，呈請分發，部中人喜爲祥瑞。</sub>

### 其　　四

屓雨獰飆六合翻，縱橫胡馬半乾坤。春聲門戶喧鈴騎，胡虜驅馳撤禁垣。<sub>洋兵于內城東西皆挖牆作門，以便往來。</sub>剜肉醫瘡誇上策，<sub>全權大臣議割東三省以畀俄人。</sub>臥薪嘗膽託空言。<sub>行在諭旨，有"臥薪嘗膽，徒託空言"之語。</sub>詭隨巧作全軀計，蓋腳夷符貼相門。<sub>相國某門首高標洋文，藉資保護。</sub>

### 其　　五

百褶宮衣百琲珠，履聲橐橐步天衢。<sub>印度兵身穿花袍，腰帶百褶裙，項懸數十掛素珠，搖曳前門大街，見者闐然大笑。而黑夷三五成群，自鳴得意。</sub>揮戈盪掃思良將，搦管高歌笑腐儒。西竺翻經傳釋典，<sub>印度兵酋在前門大街分送佛經。</sub>東倭市惠飾官廚。<sub>倭酋每日備送內廷供給。</sub>春來雨露霑恩遍，漫道都城獨向隅。<sub>京城戒嚴，端、徐、剛、趙請下詔，以京官未經給假，私自出都者革職。六月初一以後，給假出都者，將來銷假，扣除從前資格。追</sub>

城破以後，先時脱逃者，馳赴西安，藉口隨扈，由糧臺發給月費以及車馬芻粟，大小臣工各加一級。而困處都城者，度日無食，禦寒無衣。行在諸人，反詆爲慶黨、李黨、洋黨，變亂黑白。時局如此，可勝浩歎。

其　　六

宗社顛危悔噬臍，日來盟約見端倪。全權大臣與各國議和條款，略有頭緒。旌旗匿影皆奔北，葵藿傾忱獨向西。中使遠來宣制勅，聞行在齎勅書付全權大臣。彝酋會議錯輪蹄。各國公使會議於英國使館。春風本是陽和氣，猶帶邊聲入鼓鼙。

其　　七

逶迤瓊島護春陰，暎翠浮嵐入禁林。百五日中負花事，六千里外動鄉心。鑾輿南幸籌長策，鄂督議建都荆門州。驛騎西來盼好音。全權大臣屢接行在密旨。垂老傷時思雪耻，短歌愁寄謫仙吟。

其　　八

踏遍京塵歲月推，心腸如鐵鬢如絲。廻環否泰頻占卦，羅列丹鉛莫濟時。痛結禍胎迷左道，新翻眉樣效東施。行在諸公擬回鑾後變行西法。詞臣擬獻回鑾賦，王會重開輯百夷。

清　　明

去年清明看海棠，花之寺裏花滿廊。去年清明，同人邀至花之寺看海棠。今年胡塵暗京闕，兵戈喪亂皆踉蹌。都人好遊花之寺，花外神仙亦顙頯。樽酒詩歌兩消歇，鎮日昏昏負花事。珠簾畫棟開軒檻，飛揚跳擲誼胡兵。綺閣歌樓作牛宅，當時百計費經營。眼前春光變秋色，明媚山川亦陳迹。世態翻覆斯須閒，吾身哀樂安有極！

留美國帶兵官

都城破後，美國占據騾馬市大街以南，凡官舍民房鋪户，美兵保護，概不騷擾。日來街談巷議，謂美國帶兵官戴大人將於十七日回國，宜傳知各鋪户，齊赴湖南會館乞留。是日巳刻，集千餘人在爛面胡同湖南會館，異常擁擠。有華官冠四品翎頂，由館中出來，識之者謂爲翰苑中人。諭曰："爾等既欲乞留戴大人，候面諭之時，宜長跪以表誠意。"衆皆唯諾。須臾兵官偕翻譯出來，掀髯語衆云："余初破城時，以爾等爲仇讎。嗣見爾等趨承兵弁，曲盡禮意，今以爾爲朋友矣。"衆皆跪云："蒙大人保護，得慶更生，恩同父母。聞大人不日回國，小民等依依不舍，爲此環跪乞留。"兵官曰："余奉命遄回，勢難久留。俟電達政府，再定行止。"衆皆號呼乞留。兵官曰："余見爾等如此真誠，亦不忍舍去，惟須電知政府。"衆皆叩首稱謝，由譯人傳語。維時有在門首攝影者，有登高懸鏡照者，兵官、華官、翻譯，洋洋得意，衆遂叩首而散。聞乞留前列數十人，皆華官指授而來。噫，人心已死，復何言哉！

羯胡市惠民騰歡，都人戴鬼逾戴官。傳聞胡酋調回國，馭牛庖鹿攜壺簞。街衢有首巷有長，傳集黎庶留征鞍。云自胡兵破京國，通闤帶闠常平安。朝爲稽察夕巡邏，兵官保護精力殫。一傳萬闠集行館，什什佰佰無從攔。須臾華官出傳諭，謂宜環跪誠輸丹。兵官洋洋意自得，詡爲中外臚欣歡。昔視爲仇今爲友，坦白不敢雷霆瞞。一聞兵官駐使節，斯民稽顙歡聲攢。吁嗟乎！愚民無知強解事，胡爲敗類來衣冠？張機攝影現真像，如狂如醉環聚觀。願叩九閽訴真宰，整飭薄俗鋤漢奸。

## 出　　都

都城自開春以來，頗見安静。輪船通行，可以接濟旅客。嗣見人心散漫，趨向外人，定議航海赴申，溯江西上，由襄河赴行在。

曖曖天未明，驅車出帝城。征軺千里疾，薄宦一身輕。輪下舟橫渡，河上架鐵橋，車行於上，舟行於下。道邊樹退行。火車疾行如飛，見道邊樹皆退行。愁心還似草，到處逐春生。

## 哀　析　津

天津橋上鵑啼血，旅客驚魂欲斷絕。譙樓四面飛黄埃，瓦礫如山輾車轍。道邊積骨同一丘，橫竪槎枒白如雪。同車有客蜷虬鬚，云住津城西北隅。當時出入虎牙齒，脱身幸得全頭顱。前隊胡兵彈如雨，後隊夷將驃騎驅。左隊短小更精悍，右隊獨握蒼頭殳。四圍縱橫密如網，隻身戢翮投羅罛。我足一躍跨短堞,我手旋轉緣喬株。一橫直越百丈壑,一縱直上十丈郛。突出重圍躡高阜,強者如飛弱者踣。敗兵失色爭狼奔,腰佩弓刀踰河走。維時天地皆晦冥,蹠足登高一回首。津城虐火揚焰罏,萬千財貨掃一帚。通衢闤闠鋪如鱗,立爾消亡向烏有。今我牢落無春糧,西竄東逃空踉蹡。誰知生計無儋石,老弱八口無完襠。轉瞬饑餓填溝壑,坐與草木同凋僵。我聞斯語長太息,翹望蒼蒼曷有極。十萬官兵無守心,羯胡未到軍先墨。一望焦土無人煙,下車搦管寫悱惻。

上海觀出殯徐用儀、許景澄、袁昶靈柩回浙,通衢狹巷,觀者如堵。

浙水遠蒼蒼,靈輀返故鄉。古風存稚孺,英文學堂小學生約三十餘人,逐隊送殯,手握草圈,想即古人生芻一束之意。世態慨炎涼。徐尚書罹刑之後,在菜市口暴尸三日,無有過而問者。嗣後其子出獄,始得棺斂。此次出殯,鄉人輓聯有"百世下,公論自衷於一;五人中,吾鄉竟得其三"之句。吁,人情冷暖,可歎!可歎!疏上鱗批逆,冤含齒折剛。怒潮來萬里,嗚咽入錢塘。

## 武　　昌

勢踞上游建節轅,武昌山色晃朝暾。中流擊楫非難再,儘有長江萬古存。

## 舟泊峴山下

都城何日靖烽烟?翹首觚棱意惘然。未及荒碑尋叔子,淚痕先墮峴山前。

## 舟泊荊子關二首

巉巖危石峽中攢,兩面流沙挾水漫。又見漢家輸運苦,飛芻輓粟上長安。

## 其　　二

卅年落拓笑微官,神武門前擬掛冠。未到急流先勇退,眼看幾輩上灘難。

俟聖駕回鑾,隨扈至汴梁,請假回籍。

## 蒲油河舟中遇雨

篙撑沙淤撥難開，逐隊征帆傍水隈。暮雨一天山瀑瀉，河流滾滾壓船來。自蒲油河至瓦房灘，水淺灘多，舟人以木板穿繩，繫諸竹篙。一人扶木柄，如扶犁然。十餘人共挽竹篙，將沙淤撥開兩邊。舟行不過丈餘，旋復膠住，隨撥隨行，每日只行十餘里，舟行之難以此爲最。將至瓦房灘，大雨傾盆，次日舟行稍利。

## 雨中斜照

水淺一溪清，篙長兩岸撑。迅雷山底走，斜照雨中明。激石流皆旋，犁沙船有聲。郵籤看驛遞，計日到西京。

## 閱報

乞恩又復任私人，起用東牀薦牘陳。狐鼠依違悲閣老，魚龍曼衍劾疆臣。侍御某劾疆臣演劇宴客。親藩奉使盟修舊，特命醇親王使德修好。朝士交章法變新。一俟風平鯨浪息，閒身願與白鷗鄰。

## 冷暖

盡日郵籤計客程，四時佳節亦隨行。宦場一落崎嶇路，世態空嗟冷暖情。自蒲油河至瓦房灘，糧艘遲滯。余察勘水淺灘多之處，皆係河流散漫，擬照黃河築堤束水之法，俾河水歸槽，以利遄行。有友人在轉運局，投刺相商，拒而不內。噫！此君殆以余爲吹簫客耶？抑何以小人之心度人耶？寺近梵鐘搖客枕，夜深人語雜潮聲。感懷杜老憂時調，獨自挑燈誦北征。

## 牢落

牢落上長安，舟行到處難。千山朝靄合，一雨夏天寒。挽棹逃危石，撑篙上急灘。舟人相怨懟，戟指素餐官。余見舟人之苦，盡日一絲不掛，入水撑舟。詢諸舟人，以此處地方官曾到此察勘，議濬河通舟否，有老者喟然曰："余年六十八矣，自幼以水爲家，未見一地方官到此。"遂歷指其貪酷之狀。

## 蠲　　租

逸興寄莊騷,途窮亦足豪。掛冠懷橘隱,落筆挾松濤。樹老多空腹,山焦半不毛。蠲租皇澤渥,關輔沐恩膏。

## 武　　關

隻手何由任鉅艱,舟中無事且偷閒。澄清空擊江中楫,勳業頻看鏡裏顏。遙望石崖三面立,忽穿山峽一溪彎。傳聞欵議將就緒,鈴騎如飛入武關。

## 西征百二十韻

世運遭艱虞,迴思輒痛哭。天時一錯亂,春溫變秋肅。富貴如浮雲,人事多翻覆。憶昔全盛時,天潢侈厚祿。邸第金碧輝,輿儓衣紈縠。玉牒朱華鏐,新恩甘露沐。氣焰薰穹蒼,朝列競膻逐。上相固寵榮,趨承走鈴轆。暮夜納苞苴,白晝進竿牘。鬼瞰高明家,危機此中伏。一朝變亂起,朋比恣謠諑。訞術乘其虛,昏迷亂心曲。袒匪爲義軍,橫行遍輦轂。仇教開釁端,掠民飽貪慾。人命如草菅,教民盡遭戮。波及東西彝,強胡罪惡暴。使館烈火焚,無分石與玉。甘軍戕倭人,大勇詡賁育。旗兵斃德使,殘忍怨挾夙。各國憤尋仇,召亂禍機速。自從聯軍來,阽危社幾屋。朝市飛紅灰,火鴉閃煜煜。帶闤尸隱人,德兵尤殘酷。熱焰環九門,生靈罹慘毒。未戰先脫逃,官軍棄弓韣。聖駕巡西陲,扈從乏車輻。罪己殷責躬,糜爛慨時局。特授全權臣,欵議歸輯睦。各肆無厭求,增幣歲難足。我時困都城,羈棲日蜷跼。乘間移新巢,有如脫桎梏。盡日戀行在,弗敢憚勞碌。三春冰已開,津沽集輪舳。決計辭帝京,檢點殘書簏。清晨出都門,行裝被一襆。輪車疾如飛,傍晚塘沽宿。詰朝乘長風,火輪趁飛鶩。天風挾海濤,三日抵滬瀆。滬上癘疫行,薰蒸暑氣溽。傳染千萬家,轉瞬登鬼籙。生民亦何辜,處處悼凶鵩。行行復行行,溯江買舟舳。沿江年歲豐,麥隴秀簌簌。到此開顏,曉風煦晴旭。月望抵漢陽,春江盪空綠。越日入襄河,漁歌日夜續。到此忘干戈,饔飧飽豆菽。水净山浮嵐,静對遠鷗浴。舟泊峴山下,往事復悵觸。徒步登鹿門,詩人留芳躅。朝來看晴雲,夜來秉高燭。揮毫吟興酣,詞采刪繁縟。水淺舟行遲,翹首望飛瀑。好風扇微和,枕邊落琴筑。月杪入豫境,民風更儉樸。平疇千萬畦,農桑敦厚俗。舊臘霑祥霙,新年望豐熟。捨舟山上行,深徑侶樵牧。日暮山蒼蒼,村童叱歸犢。一路觀民風,族鄰互親睦。曠宇天開晴,山重水又複。樂業安其居,腴壤千里沃。令尹稱賢明,庭空少訟獄。矢念懷潔清,節操冰雪勗。閭里皆良民,相規遠恥辱。道路不拾遺,奸宄受約束。余時聞斯言,中心默傾服。一自來關中,瘡痍又滿目。連年逢大饑,倉庾乏積蓄。物價皆昂騰,生計日以蹙。沿途皆餓殍,悽愴不忍矚。或髮若亂蓬,或身無寸幅。或卧若僵蠶,或跪而匍匐。或聚若螻蟻,或蹲若犬畜。或首若獼猴,或眼若鸜鵒。或脹若大匏,或瘦若蛇蝮。或淚若雨彈,或涕若滲漉。或聲若蠅嚶,或懼若鷇觫。或欹若穧峰,或立若枯木。或俯而傴僂,或行而踧踖。或黑如墨塗,或赭若火爆。或則草根殘,或則樹皮剝。或則形如鳩,或則面如鵠。或爲鰥與寡,或爲孤與獨。或則依河邊,或則棲林麓。或體蔽以茵,或首冒以蓐。或則困而憊,遍體皆皴瘃。或則盲而昏,兩眼皆縮朒。或屍埋霾中,或骨烏爭啄。熇熇草盡枯,濯濯樹皆禿。喃喃托缽號,嗄嗄携兒鬻。巇巇陟山巔,蛇行采荎蓼。盡日搜幽巖,一撮不盈掬。瑣瑣穅粃吞,延延菜根劚。望惠眼眕眕,乞鄰聲摵摵。千形萬狀中,悉數難更僕。官吏酷而貪,道路多怨讟。窮檐皆饑驅,宮厨宿粱肉。村村絶煙爨,乃復租税促。我皇敷仁恩,開倉發倉粟。節省宮中費,遣吏糴積穀。設廠千萬間,到處捨薄粥。男女分兩途,半甌聊充腹。命延斯須間,得免填谿谷。大吏日巡行,掩骼及瘞骷。無分邇與邇,均霑聖澤渥。發給牛與種,令民穫禾穟。厲禁當塗官,年荒毋敲扑。大吏上封章,懲一儆貪黷。皇恩同覆載,覃敷活枯髑。天心眷西顧,乾坤旋轉倏。玉帛化干戈,日馭廻北陸。妖氛及厲鬼,一雨盡洗濯。六合多豐穰,斯民歌歲樂。壽媲華山松,澤流渭川竹。黎庶登春臺,融和晴景淑。四夷既來王,朝班復肅穆。始知天變常,意在蘇萬族。我皇壽而康,環跪蒼昊祝。無水旱兵戈,共享太平福。

龍駒寨四月廿三日，舟抵龍駒寨，換坐肩輿赴西安。

郎當羸馬運倉儲，獨産烏騅近子虛。相傳項羽烏騅産於此地，故名龍駒寨。萬里長征半天下，舍舟又復賃肩輿。

### 秦嶺謁韓文公祠

疏陳佛骨表孤忠，山斗高高百代崇。壁立經過秦嶺驛，穴居猶見古人風。文章渾厚咸京壯，氣節巍峨華嶽雄。苦歷炎荒八千里，靈飆迴馭鎮關中。

### 藍　田　關

垂虹橫亘綠波涵，夾道楊陰駐客驂。秦漢興亡今逝水，雄圖依舊鎖關南。

### 長　　安

燕薊胡塵動地昏，長安宮殿巋然存。衣冠仍舊千班列，宗社渾忘六合翻。誰握空拳思雪恥，倖逃法網竟承恩。臨陣脱逃諸將，賞穿黃馬褂。葵忱願仗義和力，日馭高迴照北原。

### 奉命典試滇南

余于三月初一日，由留京辦事大臣領咨赴西安行在。自塘沽抵滬，自滬抵漢口，皆乘輪船，不過旬日。自漢口入襄河，抵陝境之龍駒寨，水淺沙淤，舟行遲滯。至四月念八日，始到西安，住福陞客棧。是晚將咨文繳至翰林院，始知廿六日簡放雲南正考官。先是，余未到陝之時，北京翰林院奉到電傳諭旨，隨即覆電，謂余已出京，行在軍機處已將名單扣除。余初到時，未由上達，乃請掌院代奏，隨具摺謝恩。越早，在朝房預備召見。樞臣某請余至軍機處，囑於召見時，兩宮詢及京中情形，祇得略陳數語，不必過於詳細，余諾之。嗣後並不召見，有謂樞臣阻之者。不知余即奏對，萬不敢以京中糜爛情形，致傷兩宮之心，樞臣殆不免過慮也。

龍綸五色見雲間，春殿還聯玉笋班。露冕星旄空想像，卑官究莫覲天顏。

## 關中早發

迢遞星軺萬里程，獨持篸節出咸京。峰高太華胸羅宿，宮傍華清地勒營。驪山下環園，爲唐華清宮故址，温泉在焉，隨扈官軍駐紮於此。奉使十年人已老，度關孤客天未明。願開珊網收豪俊，宏濟艱難衆力擎。

## 華陰道中

辛卯奉命關中來，三秦謹抃文運開。華峰渭水遞秋色，奎宿光芒凌上台。辛丑關中奉命去，巨石當塗競盤踞。連日夏雨山瀑飛，輾轆單車輾泥淤。光陰彈指經十年，時局遭迍多變遷。西京下詔簡星使，北闕罹劫飛狼煙。昊蒼曷爲否運亟？雄麗燕京作鬼宅。滇南萬里征軺行，落寞居停暗襜帷。科場舊法衆所嗔，群公袞袞誇維新。詎知中興名將帥，勘定東南皆儒臣？

## 苦熱行襄城道中。

我聞成周流赤烏，卜世三十恢王謨。又聞萬類如銅炭，造物鼓鑄陰陽鑪。赤帝乘權物退聽，羲和効力爲前驅。風雲雷雨各用命，磅礴大造清淑扶。曷爲元陽構災疹？薰天氣焰城憑狐。納汙藏垢肆烜赫，柏節松幹皆凋枯。豺狼縱目虺九首，逐腥啄臭盈上都。蛇蝎喧騰起乘勢，青蠅能使白黑渝。今我乘輿苦如此，嗟彼赤腳行長途。閭閻十户九病暍，默中疫氣成瘡疽。平疇焦土照天魃，蹙頞朝暮愁耕夫。耕夫朝愁一家食，暮愁官吏催官租。朝暮薰蒸焰難熄，威迫伏莽爲雈苻。隆隆者滅古垂誡，魃虐不畏神闢闔。我嗟無處可退避，奈何人世多爭趨？

## 苦雨行六月初一日，宿保安驛。連日大雨傾盆，越初四日啓行。

昊蒼落主權，施行日錯午。驕陽假嚴威，轉觸雨師怒。烈烈如火焚，薰炙入焦土。待拯民命危，環跪禱甘澍。膚寸山中雲，觸石成霖雨。霖雨變成霪，巨浸没農圃。訴湑騰長虹,虐比旱魃苦。風伯乘其機,屋瓦皆飛舞。陸地蟠蛟螭,奔騰恣狎侮。城闕浮大荒,空村草木腐。昊蒼憫人窮,調和群物煦。明令除凶殘,厥罪擢髮數。越紀皆伏辜,神姦受鈇斧。嗟爾心倖災,咎實由自取。

### 貴州道中七月廿一日

去年今日破都城,萬死叢中寄一生。白晝人同新鬼哭,長空日讓火鴉明。匆匆驛路鑾輿出,莽莽胡塵天柱傾。最是不堪回首處,儀鑾宮殿勒戎營。聯軍統帥德國哇德西駐紮儀鑾殿。

### 回京覆命

典試入滇闈,關防肅明令。校閱三旬餘,隻手握文柄。副考官馮編修恩崑,七月十五日行抵貴定縣,被議,奉旨折回。闈卷逾常時,兩科恩正併。考官只余一人,又值恩、正併科。昕夕皆不遑,時虞職難稱。自八月十二日至九月初九,每日丑正即起校閱,日無暇晷。六詔奎宿輝,藻彩迥交映。群喙騰中原,和聲獨鳴盛。稽撰宗六經,達恉必稱聖。六合爭維新,斯文復持正。隕越幸無虞,濟濟互相慶。出闈未浹旬,回京覆恩命。出闈五日即起程。一路觀民風,蠻花舞山徑。宸念廑邊疆,斯民樂蹈咏。百濮皆乂安,持此達天聽。

### 舟泊辰州閱江鄂兩督奏請變法三疏

變法匡時三疏陳,事平翹舌慨疆臣。鳴機未裂守長素,莫染時樣花鮮新。

### 渡　　江

西來陣馬走千峰,鬱結江邊伏卧龍。老樹蕭蕭驚鳥鵲,凍雲瀰瀰凋芙蓉。重關流截天南塹,虜寇煙銷薊北烽。聞和議已成,洋兵退出都城。牢落不因人俯仰,崚嶒山□傲三冬。傍晚宿荊州。濮紫泉觀察為樞垣同直友,乘輿過訪。見余外衣夾袍,内襯敝羊裘,知在都時被洋兵劫掠一空,擬送孤裘一套衣我,請於回京時寄存陳瑶圃侍郎處。余以篋中尚有狐皮短褂,足以禦寒,卻之。此君高誼,可感!可感!

## 荆門州

迫窄荆門州，漫言踞上游。鱗塍平似掌，雉堞小於甌。一水低成窪，群山去不留。建都陳下策，迂拙老臣謀。余在西安，聞樞臣云，鄂督議建都荆門州。似此迫窄，即建一郡城而不能，何云建都？此公殆誤會杜工部詩"建都分魏闕，下詔闢荆門"之句耶？

## 鄭州行宮

經營州署作行宮，黎庶歡臚萬福同。丹鳳輦回雙闕日，金龍旗送一帆風。御駕渡黃河，風平浪靜，夾岸歡呼萬歲。詔蠲租稅天書降，御蹕經過地方，蠲免明年糧租。道越輄輷鐵軌通。聞聖駕至正定府，乘□輪車入京。王業重開冠帶會，峨峨太室效呼嵩。

## 渡河遇風

隆冬河浪平，巨汛異炎夏。孤帆逆西流，狂飆向東射。雨勢鏖怒威，濤山拍空瀉。舟師三五人，捵柂不敢卸。涉世多風濤，凝神但隨化。前船斜著水，我心轉驚吒。從船衝巨波，收帆不得下。舟師云無妨，強辭相慰藉。升天旋入淵，茫茫沒村舍。騰泛經中流，鬱霧晝疑夜。破浪疾如飛，蜿蜒露堤壩。轉瞬船向東，風順神稍暇。我皇迴翠華，經過旬日乍。河流皆安瀾，六龍護聖駕。鯸生雖阻風，竭誠昊蒼謝。

## 聖駕回鑾頌八章

辛丑秋，余典試滇南。揭曉出闈，閱五日，束裝北上，擬赴行在，恭覆恩命，隨扈入都。嗣至荆州，聞聖駕已由汴梁啓鑾回京，莫名謹抃。乃於驛程旅舍，恭撰《敬天》、《法祖》、《勤政》、《愛民》、《興學》、《用賢》、《講武》、《馭夷》八章。區區愚誠，蓋猶是頌不忘規之意焉。

### 第一章　敬天

天以聖清，克肖其德，載錫之光。卜世永，卜年長。峨峨長白，龍鳳翔，度結泰岱開天閶。神鵲之兆,朱果之祥,誕降隆穹蒼。自圖倫儦服,規畫朔方,六十三姓迎壺漿。會明政,漸不綱,馴令米脂賊,構亂披猖。先皇赫斯怒,奠九鼎,底八荒。越二百六十餘載,義播仁颺。集共球,自彼氐羌,膺符授籙,天眷我皇,扇巍顯翼綏邊疆。奈謀臣,惑邪說,構禍踉蹡。於鑠我皇,敬天之命,率由舊章。翠華回京國,中外歡騰驤。陸讋水慄,欽哉聖主當陽。

### 第二章　法　祖

大一統,綏四裔。三祖七宗,顯庸創制。斧鉞振皇威,兼以仁澤布皇惠。插部獻俘,露西納幣,荒服輸誠版圖隸。東寧降,三藩殪,赤嵌牂牁存帶礪。卭筰携蒟醬,百粵貢氆毟。三宣六慰爭來歸,鮫人蛋兒抃陬澨,奔走偕來,互市集燕薊。握符闡珍,我皇繼世。澂敘官方,屏黜奸蔽。通下情,祈福去枚。逢旱潦,蠲租豁稅。於鑠我皇,禋宗格帝。其命維新,布告侯甸,男邦采衛。遭艱虞,氣彌銳。宵旰兢兢,廑惕厲。整頓乾坤,艱難宏濟。

### 第三章　勤　政

皇可四,帝可六,列祖列宗貽謀淑。君劬臣勞,宮雍廟肅。鑒殘明,革物慾,未明求衣視朝夙。有事於郊廟,齋壇虔宿。峨冕凝旒,皇皇穆穆。祇謁東西陵,畿輔厚澤沃。我皇冲齡,誕膺寶籙。殿集群賢,刑清庶獄。百粵通商,島夷卉服。轇轕糾紛,萬幾蝟簇。玉帛往還三十載,好修鄰睦。奈親藩重臣,道謀室築。風雨飄颻,危巢幾覆。於鑠我皇,排衆議,持大局,同天宏覆育,翹企扶桑朝日旭。綏七旗,回輦轂,道左歡呼昊蒼祝。緊我皇之盛德兮,轉禍爲福。

### 第四章　愛　民

唐虞二典,禹皐益稷三謨。安民則惠,先聖後聖同其符。聖主賢臣,覆我寰區。農桑敦厚俗,學校崇師儒。四千數百載,風化無殊。粵若明之季,陽九遘,肝腦塗,内訌外侮張狼弧。先皇曰吁,非大加撻伐,曷繇靖萑苻。救焚振溺,培瘠蘇枯。東西夷絡繹來觀,賓之上都。玉璽動地,遐邇歡呼。我皇踐阼,德澤覃敷,雕題鑿齒,三十載,莫或支吾。歲次庚子,莠民邪説,肆其欺誣,赤眉黃巾相覷覦。於鑠我皇,握中樞,掃除訛孽艾叢蕪。閭閻皆安居樂業,朝廷復養老恤孤。我皇曰都,惟子與爾有衆,永鞏皇圖。

## 第五章 興 學

昭代鴻業,百度惟貞。崇儒重道,寶笈觥觥。繄聖祖仁皇帝,天亶聰明。六經宗孔鄭,百行祖周程。薈萃群說,以關閩集其大成。闡奧學,察璣衡。僑夷蠻鏡兆其萌,旁及內典,達悎研精。純廟紹述,厥用彌宏。臨雍視學,後起英英。興賢造士,蔚爲國楨。浚郊干旄賁,耆宿蒲輪迎。咨時務,達下情。雍容揄揚,潤色太平。我皇御宇,美具難并。黜俗學,播正聲,中外抃舞輸其誠。觀光者踵接,鼓篋者心傾。石渠濟濟,汎茇菁菁。一洗前明之舊制,特標實學勵儒生。除墨守,箴膏肓,空諸瓦缶莫爭鳴。於鑠我皇,蕩蕩乎民無能名。

## 第六章 用 賢

天生民而立之君,萬幾待理。君綜其綱,臣立其紀。熙庶績,鼇百工,如身使臂臂使指。舉擢俊良,掃除奸詭,上倚輔弼,中資臺史。左右皆正人,升庭馨蘭芷,六合喁喁望風旨。自虞夏殷周,下逮唐宋元明,古今同軌。洎乎明之末造,君獨劬其躬,臣不飭簠簋。十七載憂勤無裨,閹寺專權,革運丁極否。天眷聖清,明夷喜起。勇奮其威,仁浹其髓。束帛戔戔禮賢士,文子文孫播休美。我皇撫辰,度昭恭己。夙沙密須,罔不率俾。東倭獻文繒,越裳貢白雉。奈二三任事之臣,昏庸委靡。惑世釀釁端,禍胎自此始。于鑠我皇,柔遠能邇。寓斷于明,一張一弛。聲教重光,藹藹王多吉人,媚於天子。

## 第七章 講 武

昔時瀛海西民稱雄,今時瀛海崛起於東。汽機漲厚力,火輪飛長空。雄鯨布奇陣,兼以毒礮張火攻。其捷如猱,其猛如狨。東則短小而精悍,西則眼碧而準隆。互爭雄長揚腥風,俯張恫喝,貽患無窮。使車賓上國,鞍馬誇青驄。握權挾互市,氣焰高華嵩。我皇盛德,開誠布公。化干戈爲玉帛,重譯來同。交涉日益繁,會議和其衷。餓狼饑豹相徵逐,詭譎不識天恩洪。播邪教,惑愚蒙。我皇曰:"噫!窮則變,變則通。"革綠營之積習,選精銳而汰疲癃。備器械,修我戎。

以中法參西法，執兩而用其中。

### 第八章　馭　夷

前明嘉靖時，島夷通商入中土。航海來千艘，沿邊集市賈。象犀玳瑁珍錯羅，百物誼騰貢天府。大朝膺寶符，獻納卻諸部。不貴異物來遠人，九夷八蠻荷綏撫。羈縻宏皇仁，鼕乎鼓，軒乎舞。洎乎道咸之朝，粵東集市場，南洋闢商陸。遵海濱，風檣環聚。其性狡譎，其風尚武。啟釁端，駕樓櫓。挾兵威，飛揚跋扈。覆載無不容，天恩日加煦。我皇承天休，懷柔澤更溥。惟彼梟性洵難馴，比來邊事輒造午。饑附如養鷹，嚙物如聚蠱。乘亂機，震我疆宇。繄惟我皇，微防漸杜，振天威，以馭強虜。自今以始，明政刑，整部伍。能治其國家，孰敢予侮？

詩用旁註，有乖體例。是編專紀團匪始末，特借旁註以明之，非敢言詩也，作紀事觀可耳。吳魯又識。

# 正氣研齋詩存

## 目　　錄

**正氣研齋詩存** …… 153
 題施砭愚年伯小像 …… 153
 題蔡忠烈公湖南行墨迹爲徐叔鴻前輩 …… 153
 題林燕卿粤遊像 …… 153
 辛丑七月廿一日，貴州道中有感 …… 154
 題魏午莊制府洞庭歸棹圖 …… 154
 壬寅七月廿一日武陵舟中有感 …… 155
 曉發禄豐縣道中口占 …… 155
 癸卯七月廿一日 …… 155
 和贊虞中丞闈中即事用元韻四首 …… 155
 題錢南園先生遺像 …… 156
 爲李樹久廣文題錢南園先生贈其曾祖兼爲其高祖壽序墨迹 …… 156
 甲辰七月廿一日 …… 157
 題茂才張君如渠節略 …… 157
 壽劉緝唐孝廉六十二首 …… 158
 雜感六首 …… 158
 乙巳七月廿一日 …… 159
 丙午七月廿一日東瀛客次 …… 159
 爲日本林董子爵題海東高會圖 …… 160
 東瀛客次偶成 …… 160
 丁未七月廿一日 …… 160

戊申七月廿一日 …………………………………………… 160
題徐仁甫師書李又鮑比部書法韻語 …………………… 160
題徐仁甫師瀚海石歌 …………………………………… 161
日蝕篇 …………………………………………………… 161
己酉七月廿一日 ………………………………………… 162
有感 ……………………………………………………… 163
庚戌七月廿一日 ………………………………………… 163
有感 ……………………………………………………… 163
辛亥七月廿一日 ………………………………………… 163

# 正氣研齋詩存

### 題施砭愚年伯小像

苜蓿生涯淡,披帷識馬融。一龍空冀北,三鳳邁河東。道氣澄秋月,嘉聲韻晚風。拈毫螭陛後,十載去怱怱。

### 題蔡忠烈公湖南行墨迹爲徐叔鴻前輩

閩南之山倚天絕,閩南之水清且潔。開閩以來千餘年,篤生偉人尚奇節。浩然正氣凌乾坤,氣如河嶽心如鐵。捐生赴義湘蜀中,前有忠愨後忠烈。明季流寇之亂,吾鄉殉難者,四川威茂道蔡忠愨公肱明,長沙推官蔡忠烈公道憲其(下原缺)。明朝弊政如絲棼,運構陽九多艱迍。上官苛虐猛於虎,兵差徭役驅紛紜。衡湘槍彗灼辰紀,孤城拒守天爲昏。上官詭計率師遁,悍賊薄城圍孤軍。惟公誓必滅此賊,手揮獨幟當堅壁。驚飆壓屋孤木撐,腥霧埋霄一星黑。自計城破身與亡,生民何辜罹此厄?城門不鑰轟然開,毋使吾民死鋒鏑。洶洶賊勢爭奪關,公獨不動如丘山。揮旌合刃策諸校,抗弦直欲摧敵堅。敵堅連鎖不可摧,紛紛敵騎縋城來。火鴉落壘大旗折,雷聲震動哭聲哀。惟公懍懍識大義,冒刃不移囚敵騎。成仁取義投土城,膚革無完畢其志。盲風默爾陰雲停,神之來兮湘水清。俎豆莘莘永不滅,澧蘭沅茝流其馨。公之精誠溢翰藻,縱橫盪決極排戛。雷霆爲馭神爲驅,百世英靈薄蒼昊。浣手敬誦湖南行,公之元氣涵渾灝。湘嶽呵護有神祇,二百餘年墨精好。願携桑梓鐫貞珉,置之祠壁其永寶。

### 題林燕卿粵遊像

昔年法夷躁南土,君隸戎行負強弩。艅艎飛渡全臺驚,海上烽煙盡夷虜。

153

火鴉落壘轟然開，飛彈紛紛集如雨。維時宿將揮雕戈，獨爲臺疆鞏門户。君策諸校摧敵堅，克俾臺民皆安堵。甲乙之歲翻巨波，藉端構釁來東倭。日日邊城羽書至，招集市人驅荷戈。大帥軍行盡擁妓，<small>甲午八月十六日，平壤失守。十五夜，提督葉志超、衛汝貴猶挾妓酣歌。</small>喪師失律遭譴訶。稇霧埋霄將星隕，<small>鎮軍左寶貴殉難。</small>平壤無功嗟奈何！重臣聞變股已栗，遠涉三島戎議和。撤盡藩籬割要地，飽填欲壑要求多。海澨山陬長太息，孰使全臺淪異域？君門萬里空叫呼，隻手回天慨無力。食毛踐土二百年，棄盡膏腴等雞肋。窮簷猶戴君親恩，夷教豈能安反側？極目東海波茫茫，盱衡時事多感傷。東海一波縱平定，北狄外侮波正長。鐵軌縱橫入腹地，車驟萬里如探囊。惟君宦遊來五羊，得毋回首思故鄉？

### 辛丑七月廿一日，貴州道中有感①

去年今日破都城，萬死叢中寄一生。白晝人同新鬼哭，長空日避火鴉明。匆匆驛路鑾輿出，<small>兩宮西幸。</small>莽莽胡塵天柱傾。最是不堪回首處，儀鑾宮殿勒戎營。<small>聯軍統帥瓦德西駐儀鑾殿。</small>

### 題魏午莊制府洞庭歸棹圖

昔讀海國圖志編，瀛寰萬里心目懸。今讀勘定新疆記，淋漓大筆籌安邊。佽佽魏公信人傑，弱冠崢嶸尚奇節。甲兵十萬羅胸中，馳驟東南掃除孽。東南餘孽勢披猖，十盪十決揮天槍。鼓我洪爐燎毛髮，群穢殄滅軍威揚。粵逆方平回逆起，旋佐文襄定西鄙。勤勞塞外開雄藩，爲肅爲安統遐邇。廟堂眷念邊疆功，量移節鉞來滇中。繫公蘇枯復培瘠，蠻花犵鳥皆從風。古滇池水瀲空碧，□□洞庭波八百。公膺聖眷未忍歸，獨寫一圖懸座側。披圖識公寄意深，特爲邊防費沉吟。今觀滇民食公德，令我頓增感舊心。憶昔粵逆蹂閩土，吾泉岌岌陷強虜。公率援師航海來，獨俾泉人皆安堵。迄今事隔四十秋，泉人頂祝心香酬。心香頂祝祝公壽，長挾洞庭之水萬古流。

## 壬寅七月廿一日武陵舟中有感

十年貽患養癰疽，割地和戎畫策疏。乙未三月，全權大臣赴馬關和議。如我飄蓬又今日，幾人覆轍鑒前車？愴懷襟帶山河在，轉眼王侯第宅墟。明日桃源泊舟處，來津願訊武陵漁。明日舟抵桃花源。

## 曉發祿豐縣道中口占

尚覺餘寒逼五更，晨曦遙晃衆山明。奇峰突兀增文勢，峻板（坂）崎嶇識世情。宿祿豐縣，尹令調元多方齟齬。我有初心期不負，人懷客氣漫相争。辛丑，余典試滇闈，尹令分校闈中，意見不合。秋來能否離韁鎖，檢點行裝賦北征。余以壬寅接滇學任，本年八月，例值更換學使之期，未審能邀恩交卸回鄉否？

## 癸卯七月廿一日

歲月崢嶸望六旬，夙償未竟愧因循。明年此日周花甲，薄宦何時釋苦辛？萬物胞同思己溺，一管疣贅動人瞋。天驕鐵騎屯遼瀋，翹首觚棱望紫宸。俄人屢次調兵至東三省，藉口保護鐵路。

## 和贊虞中丞闈中即事用元韻四首

蓖語諫言塞九垓，祥雲一朵噎霾開。特科首重匡時略，恩詔旁求濟世材。萬里持衡星使出，兩都射策漢京推。陡山高卓昆侖柱，東下狂瀾獨力回。

### 其二
人間閱歷歲華深，卅載京塵宦海沉。翻白愧遭當道眼，驚秋又動故園心。身羈老驥閑中櫪，響闃焦桐爨下音。巡試之暇，閉門戢影。翹足入舟翻自悔，將歸琴理個中尋。

### 其三
奉使滇南證夙因，先賢忠悃奉如神。林文忠公典試滇南。掃犁戎幕非無策，鎖鑰邊關大有人。執簡蘭臺清望重，錯芳藝苑故交親。巡卿制府、贊虞中丞、雨三廉訪皆詞館前輩。愴懷時事艱難日，看鏡詩吟社老頻。

其　　四

踏遍槐黄廿八年，棘闈辛苦記從前。即霈朝列涓涓俸，猶是山中脈脈泉。京國幾時高枕卧？庚子之變，困處都城，艱窘情形，莫可言狀。宦場久厭破瓢圓。且看廣樂鈞天奏，翥鳳翔鸞下衆山。

題錢南園先生遺像爲集翠軒主人陳蘭卿太守。

集翠高軒發古香，蘭卿太守羅縑緗。中有鐵面嚴冷含風霜，知是南園先生之道貌，百餘年來留芬芳。先生植品基年少，學本程朱志周召。擷華茹藻遭聖時，釋褐入直輔高廟。是何霾曀蒙朝暾，薰天氣焰多攀援。先生批麟復履尾，鋤奸一疏光乾坤。浩浩狂瀾倒東海，遥卓砥柱當昆崙。先生直聲震朝列，狐鼠咻咻肆鈎鍘。柄臣媚嫉思中傷，撫拾訛言妄饒舌。事不必問理可持，此心惟有明聖知。十載浮湛躓復起，義氣愈壯肝膽披。碩輔大樞咸器重，先生入直樞垣，大樞自阿文成以下皆稱南園先生，不以名。宙合人士瞻豐儀。無如虎口終難脱，天不憖遺嗟數奇。寒悴西歸有遺議，或云被毒多傳疑。按，姚椿作《管侍御世銘唐詩選書後》云：錢通副澧以劾和珅奉上命稽察軍機處，爲權倖所困，衣食不豫，寒悴以死。世皆疑其被毒，惜翁獨明其不然。惜翁即姬傳先生也。上有大圜下陰壑，茫茫塲躓竟至斯。君不見，聖明天子日中正，大象森嚴懸華鏡。權奸罪惡膀（牓）朝堂，天戮神誅肅明令。何若先生遺像垂古今？墨華潤飾文章林。後輩披圖肅跪拜，前賢題咏珍球琳。卷中有先生自題詩，姚姬傳、阮文達、林文忠諸名賢題詠。甕天劫火不能毁，長與臺諫留官箴。樹下科頭屹然坐，枯根勁節多蕭森。嗚呼！枯根勁節多蕭森，中抱千秋不死之丹忱。

爲李樹久廣文題錢南園先生贈<br>其曾祖兼爲其高祖壽序墨迹

文士弄柔翰，贈言多諛辭。壽序更非古，懸宦交相推。述孝曾與閔，頌功皋與夔。或爲馬班筆，或爲曹劉詩。纂排久充棟，輒爲世所訾。今觀錢夫子，字字皆箴規。點蒼山之麓,洱海水之湄。繫彼太和李,聚族恒于斯。卓哉九峰老,藻耀威鳳姿。兼優品與學,作貢登天墀。年少氣高邁,謁選滯銓司。冀邀升斗祿,藉作甘旨資。銓章未入格,捧檄遙無期。滇雲隔萬里,眷念二親慈。昕夕倚閭望,眼穿神復疲。天倫亦足樂,底事薄宦羈?襆被出京國,遙指古滇池。歸裝無長物,莫俾慈親怡。繫惟南園翁,使節湘中持。關懷念舊雨,整轡潭州馳。梓誼互相重,喜氣溢鬚眉。慈親年六十,宥觸丐故知。錢公奮直筆,勖以令名垂。名者德所致,德乃名之基。大要在撿押,盍亟孟晉爲?恒流不足數,當以古爲師。持此壽二老,萊綵當酣嬉。嘉聲振韶濩,道義相切劘。錢公輔純廟,抗疏鋤奸欺。遺風激萬禩,浩氣光娥羲。斯文尤有味,語重句亦奇。醇如醴中酒,直如琴上絲。書法顏魯國,文擬韓昌黎。誠悃溢毫素,大筆何淋漓!赤燐起妖孽,兵燹幸無遺。劫火不能滅,器重尊與彝。箴言出肝膈,墨藻暉朝曦。祥雲日呵護,無事鎸棗梨。縹緗珍什襲,世世手澤貽。寄語太和李,子孫永寶之。

### 甲辰七月廿一日

庭前桐葉報新秋,默計行藏獨倚樓。歲閱六旬駒過隙,身羈萬里鶴添籌。胡塵動地來三迤,英由緬甸,法由越南創建鐵路,直達滇垣。錯鐵當年鑄六州。國手有誰操勝算,山河一局劫中收。

### 題茂才張君如渠節略路南牧賓臣刺史之胞弟。

嗟余有老兄,相隔萬餘里。分手今六年,末由一省視。翹望閩天雲,重重煙水瀰。一月書一緘,家言寄尺鯉。知兄壽而康,開緘輒心喜。嗟余有兩弟,音容縈夢裏。三弟體素羸,宿疾纏凑(朕)理。維年三十八,一病竟不起。時余官京師,忽傳書一紙。相見永無期,交頤淚如泚。四弟幼而殤,年纔十八耳。早知棣萼摧,一官棄敝屣。中州張賓臣,俊偉天下士。屈就余幕中,巡試歷三迤。襄校多苦辛,論文常設醴。公餘道生平,有弟長已矣。白云小少時,弟昆遭哀毀。隨宦粵之東,窮荒失怙恃。嶺南路八千,悲風徹骨髓。峨峨嵩山雲,空嗟陟岵屺。

服関列膠庠，兄弟相礪砥。筆耕安吾素，茶苦甘如薺。弟性洵過人，事兄事父比。親舊凡有喪，匍匐不敢以。悢觸終天恨，哀痛不自已。乃兄宰滇中，乃弟鑒前軌。不如守青氈，亦屬爲貧仕。兄志在四方，胡爲久居此？壯歲寄桑蓬，古人義所韙。何期一別後，羼軀日萎瘁？醫藥皆罔効，枯骨委螻蟻。回顧輒傷心，隱若芒刺體。請余賦長歌，一寫心惻悱。余聞賓臣言，悲愴心如毀。豈獨爲君悲？悲君復悲己。一字一迴腸，離憂本一揆。同病互相憐，嗟嗟吾與爾。君今年力強，雲天撑杞梓。造福爲蒼生，御夷持國紀。斯亦三代民，莫憂吾道否。歲月空崢嶸，余年迫暮齒。一事嘆無成，兩鬢絲纚纚。行行復行行，將歸棹舟艤。先人有敝廬，歸耕奉祭祀。長隨余老兄，優游陪杖履。閉戶訓子姪，不殆貴知止。念君濟世才，驅馳咏采芑。量移到閩中，訪余泉山趾。

## 壽劉緝唐孝廉六十二首

縱衡健筆挾江濤，評隲藝林眼力高。雅量共推黃叔度，佳章自寫薛陽陶。遠遊名勝斯稱福，遍閱雄文亦足豪。<sub>緝翁於戊子、壬寅兩就張燮鈞侍郎湘學、浙學之幕。辛卯、癸卯兩就余皖學、滇學之幕。甲午、丁酉，就江建霞京卿、吳子修編修湘學、蜀學之幕。</sub>一到蓬萊摘彩筆，神仙初日照金鼇。

## 其　　二

論文尊酒興初酣，舊事經過娓娓談。壽望耆齡欣錫九，<sub>今歲五十晉九。</sub>辰蓬佳節近重三。裁詩老境心逾細，説士頻年口更甘。一部笙簧新譜曲，鶯聲二月憶江南。

## 雜　感六首

余擬秋節後巡試迤東南各棚，嗣奉諭旨，停止科舉。空齋無事，成詩數首。語涉憤激，失詩人敦厚之意。韓子有言，"物不得其平則鳴"，蓋亦不能以已焉。

俳貌衣冠慨舊章，粉更新法太張皇。天人久抱心悲憫，銜勒難加項崛強。欺世讕言狐惑主，賊民苛政虎依倀。斗杓莫握招搖柄，舌底南箕恣簸揚。

## 其　二

禎祥妖孽見蓍龜,魁柄於今竟倒持。危局愧無分寸補,微官願脫斗升羈。瀾狂誰復中流障?廈大終難獨木支。兩界山河將破碎,雪獝爭亂一枰棋。

## 其　三

劃開冰炭久紛爭,當道豺狼獨恣橫。舊事煙雲同過眼,宦場簪紱本無情。蓴鱸鄉味思家切,櫪馬邊關顧主鳴。此去學宮餘茂章,沚莪誰復詠菁菁?

## 其　四

曉來詩筆鬥叉尖,獨自沉吟險韻拈。古帖名家臨乞米,新裝醜態陋無鹽。理經參透探源近,心到閑時飲水甜。惟愧涓埃仍未報,霜華鬢髮已鬑鬑。

## 其　五

紛紛蟻蚋逐腥羶,我愧鶉鴅萬里懸。自賞孤芳彈古調,揚鑣絕域讓時賢。特命四大臣赴外洋考察政治。百家甕語爭饒舌,六籍微言竟墜淵。聖教豈真罹浩劫?空庭搔首問蒼天。

## 其　六

商量舊學愧迂疏,願向園林賦遂初。重負釋肩舒逸體,空齋消暇理殘書。怕聞新法相標榜,自分庸才等散樗。偶憶大羅天上事,廿年陳迹夢華胥。鄉會試一律停止。

## 乙巳七月廿一日

黃花晚節淡彌妍,回首秋風又一年。辛丑典試滇南,壬寅奉命視學,閱四今年。我抱遺經鑽故紙,人援新政著先鞭。雪霜侵鬢今知老,書畫怡情癖未蠲。自笑此身兼吏隱,閒來枯坐欲參禪。

## 丙午七月廿一日東瀛客次

郵亭接淅去滇中,又送江流入海東。六月偕各省提學使到東考察學務。璀璨園林留法物,喧闐朝市雜歐風。壯遊萬里經圓嶠,聽講諸生笑老翁。縱覽瀛寰新氣象,神仙初日正曈曈。

### 爲日本林董子爵題海東高會圖

神仙景物望中收，筆挾松濤韻更遒。争似坡公來海外，瀛寰高會一天秋。

### 東瀛客次偶成

颶輪汽轍五洲通，況復車書一脈同。遠道問官師至聖，邊疆興學擬文翁。雲凝鱗影千峰白，日射鯨波萬頃紅。願更乘槎隨博望，環球周歷泰西東。

### 丁未七月廿一日

卜世邠岐八百年，雲龍翔翥白山巔。<small>吉林爲我朝發祥之地。重臣畫策開行省，吉林改爲行省。</small>強敵争鋒失主權。<small>甲辰，俄、日以東省爲戰地。</small>蓉鏡嘉徽留壽相，松花異彩燦吟箋。雞林自昔稱風雅，猶有新詩白傅傳。

### 戊申七月廿一日

縱橫異學滿乾坤，格磔鉤輈譯語繁。人衍魚龍新世界，我尋鶯燕舊巢痕。<small>五月奉命内召學部供職，準擬八月入都。</small>屬詞競拾和文慧，翼世誰扶聖教尊？珍重當塗籌善策，屏翰綱紀護周藩。

### 題徐仁甫師書李又匏比部書法韻語

竺典造書朕上古，三人並行分門户。行諸印度稱曰梵，其書右行傳釋語。行諸西域曰伽盧，其書左行夷所取。繄惟蒼頡啓庡渾，其書下行滋中土。史籀李斯暨邯鄲，權輿於斯奉爲祖。篆隸行草楷與分，彬彬棫棫各按部。圖承泰壹抉元胎，體分爲六籲諧五。君督民憲昭典章，堯舜禹湯周文武。尼山聖道炳日星，二千餘年作宗主。書雖藝事文所傳，斯文在兹相孳乳。頃年異學紛争鳴，齦齦狺狺競簧鼓。旁行斜上謬種傳，聖經賢傳恣狎侮。鉤輈格磔相師承，講學登壇幟高樹。周筐孔笥將沉淪，鍾王遺規曷足數？我來几案羅丹鉛，時人揶揄誚迂腐。梵也肆虐張其威,倉頡逡巡慄其股。伽盧絡繹西域來,吾道孤立誰翼輔?嗚呼!吾道之厄竟至斯,洪水中流孰砥柱?安得衛道昌黎公,戶誦家弦守鄒魯?

### 題徐仁甫師瀚海石歌

山石崚崚高插天,海石盪激光而圓。問孰綱維孰主宰,陰陽二氣相斡旋。造物於物無厚薄,其始則一終則遷。譬人少壯露圭角,習俗移人難獨賢。人生閱世貴通達,圓神方智理無偏。山人峭直屈一座,一聞斯語不謂然。君不見,壁立千仞嵩峰巔,中央定位握主權。四嶽崢嶸各分鎮,上躡月窟探天根。又不見,爲麟爲馬爲獅象,五花斑駁雲物鬈。爲門爲闕爲几案,天閽䫥盪森然尊。其於石也爲石鼓,攻車同馬蝌蚪鐫。或拜爲兄或爲友,光明磊落日月懸。是何藐小稱石子?因人俯仰受人憐。隨波逐流莫能主,聚類遁迹滄海邊。況聞瀚海極荒陋,汩没塞外淪深淵。石也雖乏知與識,有若抱屈不能言。海客知石久磨煉,石不能言客代言。此石磨盡風潮險,倏聚倏散危而顛。波譎雲詭日千變,洪濤力撼纖溜穿。鋒芒雖殺氣不出,其外雖圓中彌堅。乃知涉世非容易,此石藉此聊自全。我聞斯語長太息,悠悠宦海三十年。崛強猶昔多齟齬,一言一話時招愆。舌柔而存齒剛折,韓公閱世得真詮。山人聞言拂衣起,戒我積習毋相沿。丈夫處世貴自立,靡靡何踵道義肩?吁嗟乎!百折不回行吾素,安能從爾隨俗緣?願立中流作砥柱,力回狂瀾障百川。

### 日蝕篇 宣統元年五月朔。

粵昔庖羲御宇開洪荒,乾象六爻陽爲剛。陽德之母曰太陽,周天三百六十度,照灼八萬四千大地世界皆焜煌。嵎夷昧谷,南交幽都。四時分宅,東西南朔方,震雷霆,施雨露。恩威並濟天道彰,山精木魅皆慴伏。斡運大權集中央,羲和爲馭歷八表,昕夕出入守其常。維年己酉五月朔,卯門䫥盪騰光芒。煜煜朝暾出暘谷,踆鳥藻采高回翔,曷來天上變差異,大明神物罹災殃,虵精角插戟,梟魅翻拽鋋。元精耿耿受巨瘍,群蠱並起,個個牙齒森森張。嚼膚呷血,契肌刮腸，大圜剥蝕須臾亡。魑魅魍魎乘機起，欺負昊緯睛已盲。西方白虎奔騰驤，長鯨掣海來艅艎。統率三百六十鱗蟲與蠛蠓，跋扈皆飛揚。南方朱鳥，銳嘴修頸，碧眼圓眶。頭戴達桄，口肆貪狼。立召五百么麼鬼，潢池盜弄爭跳梁。五百么麼鬼，鉤吻含毒來披猖。北方玄武本靈物，窮荒大漠鄰戎羌。長蛇縛住老鴉脚，獨伸毒舌舐脂肪。上黲下黷晝爲晦，盡喪元氣勝斧斨。東方島國貌乎小，青龍飛躍排天閶。魚雷駕飛艇，蜂窠施毒槍。蓬萊樹高幟，圓嶠橫長帆。開花破竹，駢艦連檣。陵轢五大洲，直與歐美非澳爭雄強。命魯般，詔工倕，部署一切朝夕忙。聚蠅蚋，驅蚊蝱，紛紛擾擾，或剔或攘。豆剖瓜分食已盡，磨踪滅迹闇無光。白晝變昏翳，不辨紅綠白黑青赤黃。大地黎庶目盡眯，億兆奔走驚欲狂。驀地水陸盡翻覆，大鵬巨鰲多踉蹌。黿鼉上山作窟宅，鯤鯨入海皆匿藏。不知天變胡乃爾，群陰太盛眞陽傷。天帝赫斯怒，謂此作孽宜懲創。眇小螻蟻輩，何敢狡黠欺廟廊？急詔三十六神將，統率三千六百飛天神郎。張鐵網，帶木桁。整隊排班行，分造上下四旁。上九天，下九淵，鐵面嚴冷含風霜。搜到九萬九千九百九十仞，陰壑底，罔象匿跡皆驚惶。捉住五百么麼鬼，囚以籠絡，羈以鎖繮。分別善與惡，審判否與藏。醜類伏辜殄霾散，離宮閃閃正氣昌。周徑漸圓滿，復我光明王。殷憂啓聖，轉禍爲慶。天帝曰：噫！豈不在我祓除不祥？乃召太史，乃登明堂。置五麾，陳五兵，擊五鼓，階墀上下聲瑲琅。大凡有聲皆陽事，可厭陰氣無相妨。素服再拜，上達帝天皇。虔修六官德，責已昭天章。愼終如始，甄夏陶商。郊祀告廟，以告我宗祊。圖開王會，玉帛輸將。高顴長鼻，雕題鑿齒，合東西南北，畢集冠裳。賡歌喜起，稽首拜颺。嗚呼！陽爲君子，日贊贊襄。皇路淸夷，仁惠汪汪。陰爲小人，行私罔上宜豫防。蠹民蠹國，爲虎作倀。上召水旱，爲莠爲稂。天帝仁聖，除莠植良。時若雨暘，豐年穰穰。上天降康，有如旭日升扶桑。

## 己酉七月廿一日

久慚少壯不如人，歲歲蹉跎老此身。已脫簪祛還故我，昨已請假開差回籍，未審能邀允准否。聊資筆墨賑饑民。甘隴荒災,同以書畫助賑。憂時每藉詩爲寫,序卦重翻易義新。余今年六十有五,六十四卦已周,應照貞下起元之例,重由《乾》卦起例。燕薊樓臺非昔日,秋來鄉思動鱸蓴。

### 有　　感

世態趨炎等拂煎,列名羞我在盧前。本部奏請派署參議,余忝首列,乃失竟之。處心隱伏多機智,捷足先登善斡旋。却笑權門多納賄,獨行吾素聽諸天。愴懷時事艱難日,無復將軍策定邊。近聞俄、日聯合監督東三省財政。

### 庚戌七月廿一日

帝京侈靡逐腥風,官場習氣,日事浮華,相率奔競,大非昔日氣象。抱膝愁吟獨老翁。遼左舊都難拒虎,日、俄協約,宣布東三省將淪於異域。天南澤國憫哀鴻。東南水災,哀鴻遍野。時艱久歷身逾健,詩卷雖增道已窮。當軸國人籌憲政,空言預備九年中。

### 有　　感

年來舉世慨滔滔,檢點歸裝亦自豪。當道豺狼盤政府,成群狐鼠聚天廄。上方借劍空□檻,梅楊山人特參權貴,觸忌回閩。□次亡羊孰補牢？英佔片馬,進窺川、藏。疇是黃金求駿骨,計臣今築債臺高。度、郵兩部尚書近借外債一千二百萬。

### 辛亥七月廿一日

嶢嶢皎皎事無成,三十年來氣漸平。世態昏譖思退步,時艱莫補只歸耕。彎弓綿力知難滿,拂袖香風到底清。自是一番新氣象,蘭孫逐隊候門迎。

【校記】

① 此首亦見《百哀詩》,題作"貴州道中"。

紙　　談

# 目　錄

紙談序 ································································· 吳　魯　169

紙談 ························································································ 171
　論兵法最忌包鈔,包鈔最忌橫擊 ······················································ 171
　讀故大學士曾國藩靖港潰敗自請治罪摺書後 ······································ 173
　附錄　庚子七月初十日在軍務處覆馬玉崑書 ······································ 176
　論襄陽宜駐重兵 ·········································································· 176
　附錄　襄陽形勢 ·········································································· 177
　附錄　河南南陽府形勢 ································································· 178
　論關中非駐蹕之地 ······································································· 178
　論泰西兵力之強由於不禁民間私製軍器 ············································ 179
　論將帥不知兵法不諳輿圖之害 ························································ 181
　書霆軍兩層大一字陣打進步連環圖後 ··············································· 183
　書三角八綫挖開地道紮立營壘圖後 ·················································· 186

# 紙　談　序

庚子拳匪之變,東西大小十一國聯軍破我都城,兩宮聖駕西幸長安時。敵氛張甚,京營武衛五軍暨各直省勤王之師,統計十餘萬人,或疲軟散漫,望風奔潰;或埋頭縮頸,逗留中途,由是一敗而不可收拾。

辛丑冬,欵議略有端倪,朝廷咎當事者營私植黨,任用非人,懲前毖後,詔開經濟特科。又以翰林院爲儲才之地,行在諭旨飭掌院學士以壬寅二月爲始,督飭在館人員切實講求經濟,按月立定課程,甄別優劣,以六個月爲限,臚列功課,請旨分別黜陟,著以爲例。

時掌院學士、相國崑公岡、孫公家鼐,分別部居,詳定章程,奏明辦理。以在館人員分爲三班,各呈書籍,按日翻閱,細加圈點,自出心裁,各著評論。首班每月以一、七、三、九、五爲期,初一、初七、十三、十九、二十五,下傚此。二班以三、九、五、六、七爲期,三班以五、一、七、三、九爲期,躬親到館,呈遞所閱書籍,所著論說,留侍讀學士按名稽察,列册登記,以備屆時彙奏。

余以當今時局阽危,宜究我國三十年來之積弊,參考東西各國用人、籌餉、練兵之機宜,以用人爲綱,以籌餉、練兵爲目,實事求是,不涉張皇。倘將來有事之時,兵力能站得住,則國家之大局便站得住;能獲一二勝仗,則國家之大局當下爲之一轉。故所閱之書籍,所著之論說,皆注重用人、籌餉、練兵三門。

嗣于是年補行庚子、辛丑恩、正併科鄉試,奉旨四月十五日考試試差,當經掌院傳諭,館中月課暫停半月。試畢後,二十三日引見,二十八日,奉命視學滇南。

行色匆匆,長途困頓,不復從事鉛槧。而同館諸公心精力果,講求經世之學,胸中偉抱,百未一抒,邇於暑假後,因經理各員多任要差,未由兼顧,一時魁才碩學,橐筆戢影,落寞而羈諸空櫺矣。

我國舉事有始無終,有名無實,大抵如斯,曷足深怪?獨怪當此時局,亦復毫不措意。前鑒不遠,來軫方遒,竊願肩軍國之重任者,追維往事,西望長安,共懍不忘在莒之意焉。

光緒壬寅十月,吳魯自序。

# 紙　談

紙上空談，今昔嗤之。書生從戎，中外目之。甲申之役，水師燔於馬江。甲午之役，陸軍潰於營口。鯀是操不律者噤口不言，列東班者卻步而走。昔人有因噎廢食，懼溺自沉者，斯之類已。《論語》以不教民戰，是謂棄之。是兵資乎教，不談曷以爲教？談不以紙，曷以傳後而信今？春秋戰事，左氏之談也；歷代兵書，名將之談也。曾、胡、彭、左之奏議、公牘，何一非紙上之談也？今之目爲空談而訛之毀之者，不觀於曾、胡、彭、左，而執馬江、營口以爲口實。噫嘻！俱已作紙談矣。

### 論兵法最忌包鈔，包鈔最忌橫擊

今之所謂後路包鈔者，即古兵法所謂越寨攻敵也。善用兵者，指畫形勢，先籌我軍攻敵之出路，次籌敵軍攻我之來路，分前後左右中五隊，布置周密，穩住陣腳。此陣法之正也。

我兵攻敵之出路，我知之，敵亦知之。往往舍攻敵之正路，別籌一攻敵之偏路，所謂"出其不意，攻其無備"也。敵人攻我之來路，亦如之。此陣法之奇而實正也。

至於越寨攻敵，攻之者爲冒險，被攻者爲危機。非出奇兵，布奇陣，成竹在胸，指揮如意，成敗未可知也。觀日本之用兵，頗得此秘。甲午之役，戰書未下，殲我高陞輪船之兵，此出其不意也；繞二百餘里之三登場德以陷平壤，此越寨攻敵也。欲陷我旅順，先由沙河而連破金、復、海、蓋，天險之地，反之背水之區矣；欲陷我威海，先由榮城而據登州之海岸，然後以水師堵其出口，使劉公島之水軍如處籠之鳥矣；欲陷我臺灣，先據澎湖，次以舟師游弋於基隆、滬尾，使劉永福一軍如涸轍之魚矣。庚子拳匪之變，七月十二日，先破楊村，而馬玉崑北倉四十九營馬步之軍不攻而自潰矣。二十一日，聯軍破我都城，日兵獨饒（繞）德勝門，圖劫聖駕。此皆後路包鈔也。

夫兵法最忌後路包鈔者，何也？蓋行軍者必先立定陣脚，一見後路包鈔，則軍心驚惶，陣脚不穩，轍亂旗靡，相率潰逃，勢所必至也。似此，惟我中國不知兵法，不諳輿圖之將帥，故任日人之東衝西突，而皆入其彀中也。

兵法行軍最忌包鈔，包鈔最忌橫擊。包鈔者，鈔其後也；橫擊者，擊其腰也。彼既鈔我軍之後，則我軍必橫擊其腰，用兵雖奇，而兵法實正。腰擊不斷，則我軍必陷於敵。腰擊既斷，則敵軍必陷於我。此相持之勢也。假使今日之將帥知包鈔爲日兵之慣技，審擇要隘，統以健將，備以勁旅，誘其深入，截其歸路，安知日兵不轉陷於我也？

咸豐年間，故大學士曾國藩統師討賊，大營駐紮徽州之祁門縣。維時徽郡歙縣、休寧、黟縣、績溪均陷於賊，全恃後路之景德鎮以爲接濟糧餉、軍火之區。髮逆出死力，屢陷而屢據之。鮑超統帶霆軍，亦出死力，屢攻而屢克之。迨至曾國藩飭令左宗棠棄去婺源，合鮑超，專顧後路。一謀一勇，彼鈔其後，我擊其腰。鏖戰三十餘日，悍賊黃文金、李世賢全軍覆沒，從此，遂不敢復萌窺伺矣。如著棋然，彼包我斷，舍此安有別法？

然包者爲客，斷者爲主；包者爲先手，斷者爲後手。精於棋者，能布遠勢；精於兵法，熟於形勢者，亦能布遠勢。彼馬玉崑之在北倉挖開河道，埋設地雷，區區跬步之間，幾何不入其彀中也。

曠觀古來兵禍之最慘烈者，莫如此等陣法之惡戰。當勝負未分之時，此鈔彼擊，血肉橫飛，不死敵，必死於敵，斷無倖生之路也。

試以前事徵之。東漢建武四年，岑彭率傅俊等南擊秦豐，聲言西擊山都。豐悉其衆西邀彭，彭乃潛渡沔水，襲陷黎丘，大破之。此越寨攻敵而勝也。

宋明帝泰始二年，龍驤將軍張興世建議曰："賊據上游，兵强地勝。我持之則有餘，制之則不足。若以奇兵數千潛出其上，使其首尾周遑，進退疑阻，此制賊之奇也。"遂遣其將黃道標潛據錢溪,而鵲尾、濃湖相繼潰降。此越寨攻敵而勝也。

唐元和十二年,淮蔡之役,李祐言於李愬曰:"蔡之精兵,皆在洄曲,守城者皆羸弱之卒,可以乘虛直搗其城。"迨賊將聞之,元濟已成禽矣。遂破蔡。此越寨攻敵而勝也。

陳文帝天嘉元年,王琳屯西岸之柵口,侯瑱屯東岸之蕪湖,相持百餘日。值西南風急,琳引兵直趨建康,瑱徐出蕪湖躡其後。西南風轉爲瑱用,琳擲火炬,以燒陳船,皆反燒其船,琳軍大敗。此越寨攻敵而敗也。

以近事徵之,咸豐四年,賊目陳玉成據蘄州,秦日綱據田家鎮。時彭玉麟統水師越蘄州而破田家鎮,而蘄州之賊亦潰。此越寨攻敵而勝也。

是年十一月,我水師會於九江。賊目林啓榮據九江,黃文金據湖口,石達開、羅大綱均在湖口。彭玉麟越九江,與羅澤南同攻湖口,水師敗挫,陸軍失利。此越寨攻敵而敗也。

由是觀之,後路包鈔,足以制勝,亦足以致敗。總之,行軍之道,勝敗無常,亦視將帥之才略爲轉移耳。

庚子七月初旬,各國聯軍集津門會議之時,日本包打前敵。蓋因甲午之役,知我軍素無才略,一鈔其後,相率潰逃,故直藐而視之也。

國家文武分途,各直省督、撫、提、鎮雖屬並行,惟督、撫每自居尊貴,提、鎮亦以尊貴待之,彼此隔膜於軍政,兵法、輿圖,不能互相參考,一旦有事,倉皇失措。提、鎮既不能立其功,督、撫亦難辭其咎。相應請旨,飭下各直省督、撫、提、鎮,協力講求。提、鎮之中有才略素優者,督、撫可以集思而廣益,其有才略未甚練達者,尤宜匡其不逮。副、參、游以下,宜隨時接見,教以兵法,示以輿圖,指陳大義,以振其敵愾之忱。觀曾國藩之批牘書札,其於各路之屬員,無日不以"廉"、"勤"、"明"三字勗之,諄諄訓誡,如父兄之教其子弟。若僅演習洋操名目,聽其自操自演,屆期閱視,故事奉行,恐仍蹈從前覆轍耳。

## 讀故大學士曾國藩靖港潰敗自請治罪摺書後

賞罰者,國家之大柄也,而於軍政,尤貴嚴明。濫賞而人不加勸,濫罰而人不知懲，從古以然，莫之或易，觀於曾國藩靖港潰敗自請治罪而益信。

咸豐二年，粵匪倡亂廣西，蔓延湘、鄂。曾國藩以丁憂在籍侍郎，創辦水陸各軍，出境勦賊，率師東下，非如各省督、撫身膺疆寄也。

維時貴州知府胡林翼統帶黔勇，撫標參將塔齊布統帶湘勇，在湘潭一帶連獲勝仗，殺賊近萬人，燒船千餘號，諸將狃於湘潭之捷，意欲同時並舉，破賊老巢，深入賊境，以致挫敗，亦非如甲午之役，庚子之變，聞風喪膽，相率潰逃也。曾國藩乃自謂調度乖方，臚陳三謬，奏請交部，從重治罪。朝廷亦以昏憒嚴加譴責。誠以三軍奏凱，主帥必居其功；諸將潰敗，主帥斷難辭其咎。若不自請治罪，不特無以伸朝廷之法，亦不足以厲將士之心也。

庚子拳匪之變，宋慶以宮保提督節制全軍，馬玉崑統率武衛各軍，身膺重寄。呂永元為直隸提督，李安堂、馮義和、胡殿甲統帶練軍，皆有統轄地方之責。升元、蔣尚鈞、夏辛酉、萬本華、張春發、姜桂題、陳澤霖等統兵勤王，繫社稷安危之重。乃互相觀望，未戰而相率潰逃，至於都城失守，鑾輿西狩，九廟震驚，未聞朝廷特加譴責，而諸將亦復相率而視為固然。迨去年十二月間，聖駕回鑾之後，不追其潰敗之罪，乃旌其隨扈之功，或擢疆圻，或膺封爵，或晉官銜，或賞朝馬，或賞黃馬褂。在朝廷寬大之恩，當此時局艱難，人才沮喪，曲予矜全，優加懋賞，激厲人心，支撐殘局，未必非一時權宜之計。乃諸將竟居之不疑，毫無愧怍，且有臚列數十員，而請獎其千里跋涉之勞，與夫一切辦理之善。甚至江、鄂兩督近日亦侈陳與洋人互相保護之功，以異常勞績，請獎屬員。

夫至國破而臣子猶有異常之績，主辱而臣子猶覬非分之榮，人心如此，天下事尚可為乎？當拳匪倡亂之時，稍有知識者，皆斷其事之必敗，不必高明而後知也。各省督、撫，身膺重寄，自應痛陳利害，抵死力爭。乃觀當日兩江、兩湖、閩、浙各督聯銜會奏摺中亦祇曰：現在兵力未充，請旨相機度勢。以騎牆之意，而出以隱約之詞耳。

夫兼圻總制，官非末秩也。任封疆者二三十年，亦非草茅新進也。宗社危亡，懸於旦夕，獨抒己見，特立不移，刀鋸不驚，鼎鑊不避，又何所用其聯銜也？

《左傳》泌之戰，韓獻子謂桓子曰："子爲元帥，師不用命，誰之罪也？失屬亡師，爲罪已重，不如進也。事之不捷，惡有所分，與其專罪，六人同之，不猶愈乎？"朱子謂："《左傳》分罪之事，近世士大夫多如此。事成少受其利，不成罪有所歸。"此等巽奧秘譎之計，稍知自立者不爲，而謂賢者爲之乎？

迨乎聖駕駐蹕西安，各國聯軍盤踞都城，焚毀殺戮，慘無天日。未經和議，猶復冒昧率請回鑾。夫國與家一理也，假使封疆大吏之中，其家偶與仇人構釁，勢窮力屈，並所居之第宅，亦被怨家盤據，雖仇人誘之以甘言，脅之以威勢，其能冒險遽回否乎？有以知其必不能也。

今之成敗論人者，由後而觀，衆口同聲，稱其保全東南半壁。揆諸人臣赴難之義，究難逃規避之譏也。當都城危急之時，試舉宋之李綱刺血陳書，統兵入衛，力守圍城，保全殘局，與夫今之互相保護，各守疆土，無相侵奪者，其相去爲何如耶？及都城既破之後，試舉唐之郭子儀、李光弼收復兩京，奉迎車駕，與夫今之聯銜陳奏，自稱一聞聯軍西指，驚魂飛越，力請冒險而入虎狼之穴者，其相去又何如耶？

夫以封疆之大吏，坐擁重兵，視一丁憂在籍之侍郎倡辦團練，其所繫之輕重不侔也。以都城殘破，天子蒙塵，視靖港水師之潰敗，其所繫之輕重，更不侔也。乃不引其貽誤之罪，反侈陳其屬員與外人互相保護之功，稽諸國朝之掌故，未之前聞，考諸四千餘年之琅書，亦未之或見。能掩一時之耳目，不能免外人之姍笑，亦斷不能逃後世之譏評。

前明張溥謂國運人心之衰退，由于賞罰之先亡。蓋深慨明季紀綱頹壞，旦夕苟安，而爲此痛切之言也。撫今思昔，可不爲之寒心乎？

曠觀從古以來，用兵之敗，未有不歸罪於主將者。春秋城濮之敗，楚殺得臣。鄢陵之敗，楚殺公子側。柏舉之敗，囊瓦逃刑而奔鄭。泌之戰，先縠、趙旃實敗晉師，而獨書林父者，爲元帥也。武侯祁山之戰，違命於街亭者馬謖也，失於箕谷者鄧芝也，而武侯深自刻責，以爲咎皆在己，此亦《春秋》之義也。

以近事徵之，道光二十年，招寶山之敗，提督余步雲就戮，耆英、琦善、伊里布均治以應得之罪。光緒二十年，鎮南關之敗，唐炯、徐延旭相繼逮治。馬江之敗，張佩綸獲罪發遣。

夫行軍重乎賞罰，賞罰貴乎嚴明，合古今如一轍也。今之臨陣脫逃者，不惟無罪，且可邀功。若不重申紀律，嚴定賞罰，就使各省所設之武備學堂，所練之自強新軍，器械技藝一一駕乎西人之上，一旦有事，以之應敵，其誰不愛惜身家？誰不保全性命而相率潰逃乎？其誰肯身臨前敵，而視死如歸乎？又況徒襲皮毛操演技藝，所練之未必精耶！

最不解者，總督裕祿見危授命，而直隸提鎮呂本元、李安堂等居然生存。裕祿以文臣死於楊村，而同在一處之武臣宋慶，在北倉之馬玉崑等相率脫逃，且邀上賞。在諸將撫心自問，上何以對朝廷豢養之隆恩，中何以對熙元、寶豐、王懿榮、宋承庠殉節之忠魂，下何以對閤室自焚全家死難之厲鬼乎？

持平之論，庚子七月之變，所有統兵將帥，自應分別治以軍法。即各省督、撫委統勤王之師，任用非人，亦當治以辜恩溺職之罪。乃倖災樂禍者有人，冒功邀賞者有人，自幸其言之中者又有人。古之人，過則歸己。今之人，過則歸之于君矣。古之人，主憂臣辱。今之人，主辱而臣則榮矣。彼總師干擁大纛者，曷不取曾國藩之奏議而一讀之也？

修撰浮沉京宦三十年，未嘗輕易言事，何忍苛刻論人？惟當此時局如熱火燒心，眾鏑叢射，抱忠憤之氣，激而爲此過當之言。無可如何，亦等諸師箴矇誦瞍賦百工諫，庶人傳語而已矣。

　　附錄　庚子七月初十日在軍務處覆馬玉崑書
　　　　　代相國榮祿，見文集。

## 論襄陽宜駐重兵

今之留心時事者，多注意於沿海沿邊各省，而於內地則置爲緩圖，不知得步進步，西人之故智也。

竊觀今日中原扼要之區，莫如湖北之襄陽。漢、唐以來，言地勢者，皆以武、漢、荊、襄爲從古必爭之地。修撰去年三至其處，稽諸歷朝史事，參諸今日輿圖，古稱扼要之區，洵不誣也。

夫襄陽據鄂省之上游，漢水環其東北，峴山峙於西南，循漢水而下一千一百五十里，直達長江。左以武昌、漢陽爲門戶，右以荆州爲門戶。武、漢之外，江西、安徽、江蘇、浙江、閩、廣等省如在戶庭；荆州之外，湖南、貴州、雲南等省，亦如在戶庭。由荆州而西，則以四川爲倉庫，可備緩急之需，此襄陽以下之形勢也。由襄陽而上，其東則經河南以達山東之通衢也，其西則經河南以達關、隴之通衢也，其北則經河南以達北京之通衢也。東西南北脈絡貫通，無逾此地。我固而守之，則天下之全局皆爲我用。萬一有事，敵人由長江分兵直據襄陽，則天下之全局皆爲敵用，烏可以無事之時而置爲緩圖耶？

查湖北提督向駐穀城，數十年來移劄襄陽，其去河南之南陽鎮，只一百八十里。倘河南有事，輔車相依，亦可互相策應。相應請旨，飭下湖廣總督，湖北、河南各巡撫，就該處各營兵丁，裁汰老弱，挑選精壯，認真訓練。統限一年之內，練成勁旅，以備不虞。

此事關係大局，實非淺鮮。至於宋、元紛爭之時得之則安，失之則危，載在史書，歷歷可考，毋庸多贅。

## 附錄　襄陽形勢

檀溪界其西，峴山亙其南。漢水如帶，縈乎東北。楚山如屏，峙乎西南，天然之形勢也。《襄陽府志》。襄陽居楚、蜀上游，其險足固，其土足食。東瞰吳、越，西控川、陝，南跨漢、沔，北接京、洛。水陸衝轃，轉輸無滯，與江陵勢同唇齒。往者嘗築樊城，以爲守襄計。

夫襄陽與樊城，南北對峙，一水衡之，固犄角之勢。樊城固，則襄陽自堅。襄城堅，則州邑皆安。然則襄陽者，天下之咽喉，而樊城者，尤襄陽之屛蔽也。計桑土者，其審圖之。《圖經》。

湖廣之形勢，以東南言之，則重在武昌；以湖廣言之，則重在荆州；以天下言之，則重在襄陽。《方輿紀要》。

## 附錄　河南南陽府形勢

南陽用武之地，四達之區也。其地據荊、襄上游，爲中原咽喉。故自滇、黔上達神京，屬在要衝。而秦、晉、燕、趙、川、湖行旅，率必由之。循山河而視其地勢，東聯信陽，以臨兩淮。西由武關，以達三秦。析酈扼荊子之險，葉裕據方域（城）之勝。泝流而進，瞰江、漢，跨荊、揚，達徐、沛。又張衡所謂："推淮引湍，三方交通者。"宋李綱議遷都，亦謂關中爲上，南陽次之，其爲是夫。《南陽府志》。

東至汝寧二百八十里，西至湖北鄖陽三百二十里，南至湖北襄陽一百八十里，北至汝州一百七十里，東南界汝寧府信陽州三百八十里，西北界西安商南縣四百二十里。《南陽府志》。

按：襄陽去南陽只一百八十里，若於南陽駐紮重兵，相爲犄角，則脈絡貫通，四洞八達，均堪策應。反是，則南北隔絕，糧餉、軍裝，動多梗阻。

今日之時勢，內地甚關緊要，恐不僅在江海各口岸。宜未雨而綢繆，勿臨渴而掘井，亦勿視爲無病而呻吟也。

## 論關中非駐蹕之地

中原形勢，襟山帶河，居高臨下，莫過於關中，昔人所謂"秦中自古帝王州也"。

然今昔異時，中外殊勢，籌畫者不可不審時而度勢也。周都豐鎬，號稱極盛。惟時版圖未擴，荊、楚、淮、徐即以蠻夷視之，然僻處西陲，已有鞭長莫及之勢。周公之經營洛邑，宣王之中興東都，勢使然也。漢都關中，不再傳而有七國之禍。唐都長安，藩鎮跋扈，其禍與唐相終始。蓋關河險阻，以資固守則有餘，以之駕馭全局，鞭策群雄則不足。其利在此，其弊亦在此。況道途遼遠，飛芻輓粟，輸運維艱。鐵軌未通，諸多顧慮。

修撰辛卯典試秦中，見局勢宏敞，山環水抱，實有高屋建瓴之勢，真自古一大都會也。至去年馳赴西安行在,由樊城至荊子關,由荊子關至龍駒寨,察勘漢、唐糧運故道,舟行二十八日,非石灘梗阻,即細沙淺淤,節節前進,萬分為難。倘遇荒年,加以師旅轉輸遲滯,何堪設想?今之言形勢者,多侈言關中,亦未統全局而一籌之耳。

## 論泰西兵力之强由於不禁民間私製軍器

民間私藏軍器,流弊無窮,歷代以來,懸為厲禁,所以息爭競而遏亂萌也。

泰西各國,不惟不禁民間之私藏,而且獎賞民間之製造。數十年來,格致之學日新月異,皆由民間招商集股,建立公司,宏開製造之局。其於槍也,為毛瑟,為格拉,為拔尺,為黎姆斯,為乞門斯,為哈開斯,為林明敦,為俾爾建奴,為韋恩斯,為韋脫里,為苗也里,此新式之槍也。

其於礮也,為克虜伯,為嘉立嘎,為爾提約,為爾拉登飛,為爾孟尼。礮門則由前膛而螺膛,而後膛。礮質則由鐵而銅,而鋼,而五金。分劑范鑄,則由錘煉而挖腔,而卷筒。礮彈則由開花而橢圓,而尖圓錐。火藥則由藥末而圓餅,而棱餅,而白煙,而無煙。演礮則由人力而機輪,而汽輪,而壓力輪。此新式之礮也。

其于船也,為鐵甲,為鋼甲,為快船,為鐵甲快船,為蚊子,為穿龜,為魚雷。機器則由冷度而熱度,由平置而豎置,而倒置,由單筒而雙筒,而三四五筒,此新式之船也。

以外,軍用器械、工兵汽機、木梁、鐵橋、連珠地營、自轉礮臺,奇中出奇,巧中生巧。其秘奧既創於通國之人之心,其機緘自瞭然於通國之人之目。不練則已,練則必精。事半功倍,有由來也。所謂泰西兵力之强,由於不禁民間私製軍器者此也。

我中國四百兆之人,除水陸將弁兵丁而外,有窮老而不知毛瑟等槍,克虜伯等礮,鐵甲等船為何物者。夫以中華靈淑之區,聰明穎悟之士,所在多有。假使製造之局布滿區宇,其槍礮之新奇,必有以駕乎西人之上。然而二十二行省之中,散勇會匪,伏莽滋多,蠢蠢欲動。無論不能聽其設局製造,苟任軍火之私藏,一旦倡亂，此呼彼應，外患未除，而内憂迭起矣。

今之講西法者，動曰徵兵之法，由常備退爲預備，由預備退爲後備，由後備退爲民兵。試問遣退之時，將任其携帶歸田乎？是民間皆軍器也。將使之盡數繳還乎？時閲九年，則軍器銹壞，技藝生疏，其去臨時之召募，有幾何乎？就使每年召集合操，能保不如現在各省閲兵年分故事奉行乎？其利未見，其弊實深。此真不揣其本，而齊其末也。

前讀《勸學篇》兵學一條，亦主常備、預備之説，心竊異之。迨去年江、鄂會奏摺中謂，武生改習槍礮利器散布民間，流弊太大，實無防察之法，萬不可行，抑何前後異詞也？

夫合中國四百兆之人，習武者不過數萬人，猶謂流弊太大，況通國皆兵，通國皆軍器，豈別有防察之法，而無流弊乎？此不可解也。

夫我中國既禁其私藏，則製造之局必歸諸官。然各直省除兩江、兩湖而外，均以經費支絀，末由擴充，敷衍了事。即如江、鄂兩局，亦非牖下之士所得過問焉。就使格致之學至精至微，終歸無用。況製造一途，心儀不如目睹。往往有閉户讀書，至於頭童齒豁，而一藝無成者。苟日處於儀器之中，耳濡目染，數月之後，盡得其機緘之所在焉。試問我中國之製造各局，能如泰西之布滿國中乎？有以知其必不能也。

前之試帖，八比小楷，所學非所用，既虚耗士人之精神。今之化、電、聲、光、汽、重所學莫能用，又虚耗士人之才智。欲設局，則無此巨資。欲集股，則無此聲氣，不過抒其所知所聞，著一書，刊一集，付諸空談而已。此與百二名家制藝何以異乎？

難者曰："信如子言，泰西兵力之强，由於民間製造軍器。我中國不惟不能私製，且禁其私藏。是泰西之兵長處於强，我中國之兵長處於弱矣。"釋之曰："是又不然。夫兵在精不在多。兵法曰：'萬人敢死，橫行天下。'不觀於南非洲英、特之戰事乎？以英國之富强，挾獅子之全力，以搏特國。自己亥春開仗以來，迄今未能得手。以我中國之地大物博，敵區區三島之日本，而不能免喪師失律,割地償金。無他,敢死與不敢死異也。誠使今日之督、撫以及統兵大員,振刷精神,整頓營伍,淘汰老弱,挑選精壯,查明器械之合用者留之,其不合用者去之。嚴定賞罰,恩威並濟。講求軍法輿圖,與士卒同甘苦。每日自辰至午,認真操練,如臨大敵。午後環集營哨各官,指陳大義,以勵其忠憤之忱。一年之內,兵識將意,將識士心。萬一有事,以之應敵,必不至如甲午之役,庚子之變,聞風喪膽,而相率潰逃也。不此之務,而仍前泄沓,有兵而不練,與雖練而不精,一旦授以新式之槍礮,茫然不知為何物。糜國帑以資敵人,江河日下,勢將無底止矣。"

難者曰:"民間私藏軍器,在泰西則無弊,在中國則流弊甚大,何也?"釋之曰:"泰西非無弊也,觀於西班牙、飛獵濱群島之倡亂,即泰西禍亂之見端也。光緒乙未春間,飛獵濱土匪蜂起,西班牙傾國之兵不足以平內亂,於是美國干預其事,調兵痛剿,全島土地,遂落美人之手。數年以來,旋起旋滅,亦未能一鼓盪平。況各國弒君弒相之事,時有所聞。此非私藏軍火之流弊乎?近年以來,國體紊亂,民氣囂張。自由平等之說,互相煽惑,將來必有橫決之一日。不過現時國勢尚盛,足資彈壓,譬如人當壯盛之時,臟腑氣充堅韌,食物頃刻消納。中年以後,哽噎痞癖,百病叢生,揆諸天理,參諸人事,泰西各國自相殘殺,慘烈之禍,在所不免。如有不信,請驗將來。"

## 論將帥不知兵法不諳輿圖之害

自古魁奇卓犖之士,身膺疆寄,手綰軍符,覽中原之形勢,抱經國之遠猷,定傾扶危,成一代之偉業者,何一非從讀書中來也。

近時曾、胡、彭、左諸公奏議公牘,見于全集,及選入《經世文編》者,其于東南各省之形勢,何者為扼要之區,何者為衝突之地,一經指畫,瞭若觀紋。籌攻克之計,必先堵其竄逸之方。揆度敵勢,如影隨形。而又廣延才智之士,優禮於蓮幕之中。雖千里而遙,書信往還,至再至三,必致之幕中而後已。一時通儒碩學,皆樂為用。集眾思,廣忠益,堅苦卓絕,克成中興之功,非倖致也。

今之統兵大員，無論不能讀古人之兵書，即近時曾、胡、彭、左之奏議公牘，亦未嘗一寓目焉。無論中原之形勢，即自津至京之要隘，亦未能了然於心目焉。

庚子拳匪之變，宋慶、馬玉崑、呂本元臨陣脫逃，貽誤大局者無論矣。李秉衡頗負物望，由長江統兵入衛。六月初五日，自揚州起程，二十九日到京，七月初十日請訓，十二日出京。時余在軍務處，詢以此次出京，大營將紮何處，據云現在未能定規，俟到楊村，與宋祝帥面商。心竊異之。夫當津門失守之後，都城危在旦夕，自應及早統籌全局，以何處爲駐紮之地，以何處爲策應之區。身臨前敵，方有把握，又何待乎相商也？

觀曾國藩出境剿賊之時，立定腳跟，謂必據長江上游，節節盪掃。竭十年之心力，百變而不離其宗。夫豈倉卒之間所能集事乎？

迨十二日楊村失守，所帶陳澤霖一軍棄帥脫逃，幕僚星散，遂於十七日殉難。虛名之不可恃，固如此耶？

或曰：曾、胡、彭、左諸將廓清摧陷者，内地之土匪耳。例諸今日之洋兵，迥不相同。不知甲申中法之役，諒山之捷，非猶是殲除髮逆之王德榜、鮑超乎？臺灣滬尾之捷，非猶是湘軍後起之孫開華乎？當法人構釁之時，左宗棠由陝、甘馳赴福建，彭玉麟由長江馳赴廣東。楊岳斌當臺灣萬分喫緊之時，臺撫劉銘傳呼天搶地，痛哭乞師，楊岳斌奉密旨渡臺救援。而法艦麕集十餘艘，堵塞各港口，分隊游弋澎湖一帶，絕我之糧餉、軍裝。雖有良、平之智，賁、育之勇，萬難飛渡。維時修撰奉諱在籍，泉州爲渡臺必經之地，親見楊岳斌之智謀，雖前史所載，未有若此之奇而實正也。

先是，楊岳斌未赴泉州之時，沿途遍張文告，謂奉旨駐紮漳、泉一帶，防堵海口，以備法人乘機竄入內地。查漳、泉兩府，素多名將。自國初以至嘉、道之間，偉績崇封，備膺五等。國初，漳州黃梧封海澄公，泉州施琅封靖海侯。嘉慶年間，李長庚封壯烈伯。道光年間，王得祿封三等子爵，邱良功封三等男爵。即如提督陳倫炯之《海國聞見錄》，類皆精熟海道，著有專書，所有在籍紳士倘有所見，惟其繪圖帖説上呈。義民之中有願効前驅者，候本部堂到該府時考驗挑選等情。

甲申十月初十日，行抵泉州萬安橋之尖站，離郡城二十餘里，忽稱沿途飲茶過多，偶得洩瀉之疾，專人到郡告知，本日在此略息，所有地方各官郊迎者，請即回署，一俟明日進城。迨黃昏之時，又稱疾已小愈，準于是夜進城。其時當道預備泉州考棚爲行臺，一切供張，楊岳斌先派人察看，稍不周到，即令另行陳設，示以久住之意。二更後進城，徑入行臺。越日各官稟見，暨紳士紛紛條陳，均稱病未大痊，俟一二日傳見。至十四日午刻，泉州知府徐震耀忽接臺灣公文，稱本部堂楊已於十一日夜分時渡臺矣，所有泉州預備行臺，即行撤去。一時官紳士民，手舞足蹈，合口同聲，稱爲神將。

當楊岳斌之到萬安橋也，預知該處一水可以通海，遂假裝爲軍中之偵探，帶一精熟海道之幕友，以充僕人，買漁舟而竟渡焉。黎明至泉州之崇武海口，短衣窄袖，混入漁戶之中，當即開往臺南。夜分時，叩關而入臺郡矣。而由萬安橋起行之時，以一幕友首戴風帽，乘輿進城，徑入行臺。此事同籌者，惟兩幕四僕，餘無一人知之也。非成竹在胸，誰敢冒死而入虎狼之穴乎？

今之總師干擁大纛者何如也？庚子七月，聖駕西幸，備嘗艱難。各省一二品大員，受恩深重，或平日負經濟之才，爲朝廷所倚重，乃衙署深居，宴安如故。雖有保全地方之功，揆諸"大中至正"之理，終覺未安。謂能如曾國藩、左宗棠提兵十餘萬人，驅馳十餘行省，講求兵法，調度有方，以削平劇寇乎？謂能如楊岳斌之兵機神速，買漁舟而一日渡臺乎？

論者謂，洋兵與髮逆不同。竊思今日果有曾、左諸將抒其忠誠，實心任事，必有以濟時艱而挽屚局，決不至大局決裂至於此極也。今日朝廷思汲黯，中原將帥憶廉頗。杜工部忠憤之聲，千載下，如或聞焉。

## 書霆軍兩層大一字陣打進步連環圖後

中興名將身先士卒，號稱善戰者，首推塔齊布、鮑超兩人。智謀才略不相上下。惟塔軍多勝少敗，即敗亦足以自立；霆軍則多立奇功，一敗輒不可收拾。

論者謂，霆軍恃勇，野戰全無紀律，此耳食之言也，曷不觀於霆軍之兩層大

"一"字陣打"進步連環"乎？

何謂兩層大"一"字陣？蓋於出隊之隊前後橫排兩層如"一"字之形也。何謂打"進步連環"？蓋以前排"一"字打至四刻之久，分開兩翼，後排"一"字出隊接仗，以此遞推遞進，故謂之打"進步連環"也。

當咸豐五六年間，鮑超所統之霆軍只有三千名，自成一隊。十盪十決，淩厲無前。此等陣法，蓋因閱歷既深，熟悉軍情，自出心裁，以意爲之，非有所規仿也。不意數十年後，竟與泰西各國出隊布陣之法一一吻合。何以謂之吻合？蓋泰西出隊之時，其初橫排"一"字，次左右分馳如新月形，次兩面分擊如正書"人"字形，次劃開兩道如倒書"八"字形。至於分"八"字之後，則以後隊接仗。如打勝仗，則以倒書"八"字依次而進。如打敗仗，則以正書"八"字依次而退。似此陣法，其與霆軍之兩層"一"大字陣打"進步連環"之式，有以異乎？無以異乎？

甲申諒山之役，交綏之時，霆軍與法軍皆以"一"字陣互相攻擊。鏖戰兩時之久，霆軍連環而進，再接再厲。法軍小挫，王德榜突出一軍，橫擊其腰，法軍陣法亂錯。由是鮑、王兩軍併力合擊，法軍大挫。以此觀之，霆軍豈恃勇野戰者乎？不過其鋒太鋭，往往衝入賊中，以致覆敗耳。曾國藩諄諄告誡，蓋以此也。

夫當咸豐初年，廓清摧陷者髮逆也，非西兵也。而霆軍之陣法，乃暗合於泰西。岳忠武謂："善用兵者，不必泥古法，而自暗合於古。"余爲之轉一語曰："善用兵者，不必學西法，而自暗合於西也。"

海軍陣法有所謂八卦陣者，非於"八"字陣法之後必分爲八卦陣也，亦視勝敗何如耳。勝則以倒書"八"字猛擊而進，敗則以正書"八"字收陣而退，與陸軍陣法大略相同。甲午中日大東溝之戰，日本見我軍兵艦或沉或毀，而丁汝昌所坐之定遠前後艙面均中炸彈，滿船皆火，受傷尤重，圖劫此第一堅船，故以八卦陣圍之。此臨陣布置，非陣法必如此也。總之行軍陣法，不外方、圓、鋭，八卦陣即圓陣也。

大東溝之戰，日本軍艦只十一艘，吉野、松島、橋立、巖立、荻津島、浪速、扶桑、高千穗、赤城、比叡、清田及西京丸也。吉野爲日帥伊東祐亨提師之坐船，西人所謂旗號船也。西京丸乃劣質商船改充兵艦者。當分列八卦之時，西北尚缺五艘。我軍經遠、致遠、濟遠三船距日艦較遠，《中東戰紀》謂，劃出戰綫之外，非也。致遠管帶鄧世昌開足汽機，駛入戰綫，接戰受傷甚重，全船覆沒。經遠管帶林永升在戰綫外追逼受傷之日艦，誤中水雷，船身粉碎，溺於波中。此經遠、致遠兩船鄧世昌、林永升援戰殉難之情形也。

至管帶濟遠之方伯謙，見經遠、致遠兩船皆沒，遂不敢駛入戰綫之內，捩柁而逃。申初至旅順，而大東溝戰敗各船回至旅順時，已戌初矣。越數日，北洋以臨陣脫逃，執軍法而治方伯謙之罪。

維時吾閩有著《海冤錄》者，叙述當日戰事甚爲詳晰，中多憤懣之詞，以鳴方伯謙之冤。其實鄧、林兩船均以救援殉難，而方伯謙乘機脫逃，持平之論，治以軍法，非冤也。特當日水陸戰事乘機脫逃者，不止方伯謙一人，此則不無可議耳。

或謂經遠林永升所追之船，即伊東祐亨之旗號船，特其時桅旗皆折，無從辨識耳。當追逼之時，林永升鼓輪奔赴，勢將欲得而甘心，乃誤中水雷，頃刻沉溺，惜哉！假使當日擒獲倭帥，則全軍之氣爲之一振，何至時局敗壞至於此極也？觀伊東祐亨電廣島日生之信，自謂舟中觀戰之大吏，幾被華軍擄去。所謂大吏者，特隱約之詞耳。迨回濟物浦，船隔鐵甲炸裂，無從修理，乃以橋立改爲旗號船。以此觀之，我國水陸兩軍非無戰將也，特軍心不齊，不能互相救援，以致挫敗，斯可恨耳！

平壤之役，葉志超軍平壤土城之中；左寶貴軍北山之上，以顧後路；聶士成、豐陞阿、馬玉崑、衛汝貴軍其東南。倭兵從後路包鈔，左軍首當其衝。而東南各軍一聞包鈔之信，相率潰逃，並不策應，此與方伯謙何異乎？左軍獨力難支，鏖戰四日夜，力竭捐軀。葉志超困處土城之中，遂懸白旗以止戰。假使當日左軍被鈔，東南四軍互相策應，併力合擊，則左軍不至陣亡，葉軍不至坐困。律以應得之罪，均不在方伯謙之下，乃治罪者獨一衛汝貴耳。軍心之不一，由於賞罰之不明也，抑亦統軍者有所左右耳。

## 書三角八綫挖開地道紮立營壘圖後

咸豐年間，吾邑丁拱辰弱冠游歷泰西各國，講求兵器製造近三十年。回華時，著有《演礟圖説》，丁公守存、陳公慶鏞，以其書進呈御覽，并爲序而刊之。

其所著《營壘圖説》，祇見鈔本，蓋未定之書也。原書稱，近時槍礮猛烈，營壘太聚則受傷必多，太散又恐難於收拾。若以三角八綫挖開地道，紮立營壘，則其勢雖分，而其機實相爲聯絡。

修撰初時閲之，病其過繁。蓋行陣營壘，以簡爲要。簡則易遵，繁則必亂。平時操演，猶可整齊步武，若鏖戰之時，東突西衝，過繁未有不亂者。營陣既亂，亦未有不敗者。故古人立營布陣，不外曲、直、方、圓、鋭五陣之式。而曲、直兩陣之式，乃因地場迫窄，臨時布置。至於堂旗正鼓，兩軍交綏，雖其中分合操縱變化多方，挈其大綱，不過方、圓、鋭三者而已。即如西法之一字形，即方陣也；新月形，即圓陣也；"人"字、"八"字形，即鋭陣也。

去年道經河南彰德之間，見隨扈防軍所紮營壘，或方或圓，尚屬合法。惟於營壘之外，兩邊挖開地道，深四五尺，前築圍墻，高四五尺，中開礮眼，兩面互對，綿亘數里之遥，以備敵人衝突，互相攻擊。似此布置，必自以爲得計矣。不知從古以來，斷無此循規蹈矩之敵人，必由中路直入，以待我軍之夾擊。若使敵分兩隊，交鈔而進，則所挖之地道，所築之圍墻，所開之礮眼，皆爲敵用。勢必將我軍驅入中間，橫攻夾擊，聚而殲焉。

此等反面，一點其理，即在目前。彼統兵者亦想不及此，乃知此時我國之用兵，等諸灞上棘門，真兒戲也。

因此憶及三角八綫，似屬可行，擬將是書重加細勘。惜庚子之變，原書散佚，無從參考。

# 校 點 後 記

吴魯(一八四五——一九一二),字肅堂,號且園,福建省泉州府晉江縣錢塘鄉人。我國清代著名愛國官員、教育家、詩人、書法家。

吴魯年青時聰穎苦讀,學識淵博,爲名士贊賞。中舉人前,曾任刑部主事、秋審處總辦、軍機章京、方略館編纂。光緒十六年(一八九〇),高中狀元。授官翰林院修撰。此後典試陝西,督學安徽,監臨江南(今江蘇)鄉試。光緒二十六年,義和團運動進入高潮,八國聯軍侵華,攻陷北京,慈禧與光緒皇帝逃奔西安。吴魯困守京師,臨危受命,任國史館纂修、教習庶吉士、軍務處總辦。旋到西安行在,奉命主試雲南。後爲吉林提學,赴日本考察學制,兼及農、工、兵、商諸政。

吴魯忠公體國,爲官勤慎清廉,革除科考陋規,認真選拔英才;捐俸建修文廟書院,購置圖書,增添生員膏火費用。所到之處,深受士人稱贊,爲之立碑紀念。光緒三十一年廢除科舉制度,他與時俱進,大力推動新式教育,重視中小學堂、師範及各種實業教育工作。

吴魯著作豐富,有《讀禮纂錄》、《蒙學初稿》、《國恤恭紀》、《正氣研齋文集》、《正氣研齋詩存》、《百哀詩》、《紙談》、雜著、講義、日記等。可惜傳留不多,難於收全。本集選錄《百哀詩》、《正氣研齋詩存》、《紙談》三部著作。

《百哀詩》是八國聯軍攻陷北京吴魯困守京師時寫的紀事詩(多數自注詳細史實),共一百二十六題,一百六十首。它記叙了作者的親身經歷及其見聞,分析義和團起事與失敗的原因,揭露列強侵略的野蠻行徑,歌頌中國人民的英勇抗争精神,貶斥敗將降官的潰逃,叙寫權貴被俘殺及服苦役的狼狽情狀等。據史直書,情調悲憤。

《正氣研齋詩存》，是吳魯於八國聯軍侵華前後寫的詩篇，共二十九題，三十八首。主要題材有：題詠名人肖像，贊頌名家書畫，重大日子記事，旅途感懷，與友唱和，祝人壽誕，懷鄉思親，雜感等。具有進步思想內容的是，揭露清末政治的腐敗苛虐，歌頌反侵略戰鬥犧牲的英雄和保國衛民的賢臣，貶斥逃亡的敗將與割地的賣國賊。

　　《紙談》，意即文人紙上談兵。這是八國聯軍侵華前後，吳魯總結清末歷次反侵略戰爭失敗的原因與經驗而寫的軍事論文，正文八篇，序文一篇，附錄三篇，共十二篇。它強調戰爭要重視用人、籌餉、練兵，詳析包鈔、橫擊打法之利弊。要求整肅軍紀，嚴明賞罰，懲辦逃將。將帥要熟知兵法、地理。打敗仗要敢於自貶。分析西方國家獎賞民間私製新式軍器彈藥致強的利弊，說明中國不能這樣做。建議抗擊八國聯軍侵略時，要以軍事重鎮湖北的襄陽作爲行在。指出義和團武器落後，迷信拳術符咒必敗。批判兩江與兩湖總督不顧祖國被瓜分的危機，實行"互保"，是自保實力。

　　《百哀詩》、《正氣研齋詩存》、《紙談》，是研究我國清末侵略與反侵略戰爭的珍貴資料，富有學術價值。但受階級立場和時代認識的局限，吳魯誣蔑農民起義軍爲"盜"、"匪"，歌頌鎮壓起義而死的官僚。指義和團爲"拳匪"，認爲他們殺洋教士，毀洋教堂，才引起列強侵略。這些觀點都是錯誤的，須加鑒別。

　　《百哀詩》有吳魯手鈔本和鉛印本兩種。手鈔本不但具有書法文物價值，而且增添了吳魯第四子吳鍾善《清誥授資政大夫賜進士及第學部候補丞翰林院修撰先孝且園府君行述》，前泉州市志編委會予以影印。本書以手鈔影印本爲底本，進行整理點校。

　　《正氣研齋詩存》、《紙談》，以清末至民國泉州藏書家蘇大山的"紅蘭館小叢書"手鈔本爲底本，進行整理點校。

編　者<br>二〇一八年九月

圖書在版編目(CIP)數據

瑟園詩草／(清)富鴻基著;謝如俊點校.李忠毅公遺詩／(清)李長庚著;廖淵泉點校.吳魯集／(清)吳魯著;張吉昌點校.—北京：商務印書館，2019
（泉州文庫）
ISBN 978-7-100-17572-2

I.①瑟… ②李… ③吳… Ⅱ.①富… ②李… ③吳… ④謝… ⑤廖… ⑥張… Ⅲ.①古典詩歌—詩集—中國—清代 Ⅳ.①I222.749

中國版本圖書館 CIP 數據核字(2019)第 115595 號

權利保留，侵權必究。

責任編輯　閻海文
特約審讀　李夢生

**瑟園詩草　李忠毅公遺詩　吳魯集**
(清)富鴻基　(清)李長庚　(清)吳魯　著

商務印書館出版
(北京王府井大街36號　郵政編碼100710)
商務印書館發行
山東鴻君傑文化發展有限公司印刷
ISBN 978-7-100-17572-2

2019年7月第1版　　　　開本 705×960　1/16
2019年7月第1次印刷　　　印張 12.5　插頁 2
定價：62.00元